KB072691

내가 바로
세종대왕의
아들이다

내가 바로 세종대왕의 아들이다 12

유아리 퓨전 판타지 소설

초판 1쇄 찍은 날 § 2021년 3월 17일
초판 1쇄 펴낸 날 § 2021년 3월 24일

지은이 § 유아리
펴낸이 § 서경석

총괄팀장 § 노종아
편집책임 § 이민지
디자인 § 소소연

펴낸곳 § 도서출판 청어람
등록번호 § 제387-1999-000006호
등록일자 § 1999. 5. 31
어람번호 § 제1-3121호

주소 § 경기도 부천시 부일로 483번길 40 서경B/D 3F (우) 14640
전화 § 032-656-4452 팩스 § 032-656-4453
http://www.chungeoram.com
E-mail § chungeorambook@daum.net

ISBN 979-11-04-92322-7 04810
ISBN 979-11-04-92193-3 (세트)

12

내가바로
세종대왕의
아들이다

유아리

퓨전 판타지 소설

도서출판 청람

내가 바로
세종대왕의
아들이다

목차

제1장
술탄

　오스만의 현 수도인 에디르네이자, 로마의 옛 도시 아드리
아노폴리스 성벽 일부가 거포들의 집중 공격으로 무너져 내렸
다.

　성벽이 무너지는 순간, 진중에서 그 광경을 지켜보던 로마
의 황제 드라가시스가 크게 외쳤다.

　"보아라! 예리코의 나팔 소리로 저 이교도 놈들의 성벽이
무너졌노라! 신앙 세계의 주민들이여! 오늘만큼은 동서 소속
따윈 상관없이 신의 이름으로 우리가 일으킨 기적을 찬양하
라!"

드라가시스는 한때 멸망 직전까지 몰렸던 로마를 살려보고 자 서쪽 교회 카톨릭의 수장인 바티칸 교황에게 교구 통합 제 의까지 했었지만, 일부 성직자들과 백성들의 반발로 국론의 분열이 일어난 상황이기도 했다.

그랬던 그는 고토 수복을 눈앞에 두자, 그런 일 따윈 전부 하찮게 느껴질 정도로 환희에 차 있었다.

"저 높은 하늘에서 우릴 굽어살피시는 신에게 이 영광을! 땅에서는 그분께서 사랑하시는 우리에게 새로운 평화를!"

선창하는 드라가시스의 외침에 호응한 연합의 병사들은 일 제히 성가 대영광송(Gloria)의 변형된 구절을 크게 따라 외치 기 시작했다.

드라가시스는 최근 나이가 들어 차츰 약해져 가던 육체가 전성기 시절로 돌아가는 듯한 기분마저 느끼며 우렁차게 고 함을 질렀고, 그에게 호응한 연합의 병사들은 사기가 하늘을 찌를 듯이 올라갔다.

한편 연합군에 참여한 카톨릭 출신 영주들도 로마의 황제 에게 감화되었는지, 병사들처럼 열성적으로 외치기 시작했다.

그 광경을 지켜보던 블라드와 후냐디는 그들 나름대로 벅 차오르는 신앙심을 잠시 접어두고 아직 성안에 남아 있는 오 스만의 병사들을 어떻게 제압해야 할지 상의하기 시작했다.

결국 검은 기사단과 왈라키아의 팔기군이 앞장서서 돌파하자는 쪽으로 의견이 정해졌지만, 고토 아드리아노폴리스의 탈환은 로마군이 선봉에 서야 한다는 황제의 주장에 난항을 겪고 말았다.

공성전에서 드라가시스가 조선에서 임대해 온 거포가 큰 역할을 한 것도 엄연한 사실이고.

그 결과 수많은 병사가 신앙심에 고취되어 사기가 오른 상황이었기에 결국 선봉은 로마의 황제와 친위 기병이 나서게 되었다.

"신의 가호를 받은 병사들아! 내가 그대들과 함께할 것이니, 이교도를 두려워 말아라!"

본래대로라면 모두가 황제의 진입을 말려야 하나, 신앙에 취한 이들은 너 나 할 것 없이 바실레우스를 연호하며 전진을 시작했다.

한편, 역관을 통해 이 광경을 지켜본 조선의 무관들은 낯설어하며 자기들끼리 이야길 나누었다.

"거참, 저들이 믿는 신이란 게 정말로 대단한지 난 잘 모르겠더군."

살래성 첨절제사이자, 파견 무관 중엔 최선임인 양정(楊汀)이 말을 꺼내자, 그의 후임이자 황실의 종친이기도 한 종사관 이장(李暲)이 답했다.

"소관은 저들의 학문이나 믿음에 대해 알지 못하니, 판단을 유보 중입니다."

"그런가? 살래성에 머무는 사제란 작자들도 틈만 나면 살래왕 전하께 전도란 것을 하지 못해 안달이 나서 그런지, 난 저들의 신앙이란 것을 좋게 볼 수가 없더군."

"지금은 공무를 수행하는 만큼, 지시받은 대로만 하면 그만이라 생각합니다."

"하긴, 저들이 뭐라고 떠들든 우리가 상관할 바는 아니군. 어서 끝내고 가족들 얼굴이나 보고 싶군."

"그러십니까."

"그건 그렇고, 자넨 처자식을 본 지도 오래되지 않았던가?

"예, 그 말씀이 맞습니다."

"나야 가족들이 살래성에 살고 있으니 돌아가면 금방 보겠지만, 자넨 본국에 가족을 두고 와 쓸쓸하겠어."

"나랏일이 우선이니, 그런 사감을 느낄 여유 같은 건 없습니다."

"그간 자네를 지켜보면서 생각한 건데, 매사가 너무 진중하다 못해 메마른 느낌이야."

"…소관은 그저 나랏일과 군무에 충실하려 할 뿐입니다."

"그런가. 아무튼 우리가 여기서 할 일은 끝났으니, 그리 빽빽하게 굴지 않아도 되네. 조금 더 여유를 가져보게."

"성벽이 무너지긴 했어도 공성이 끝난 것이 아니지 않습니까?"

"우리가 맡은 임무는 이들이 여리고포를 운용하도록 돕고 감독하는 것이잖은가. 직접 전투에 나서는 건 우리 소관이 아니네."

"알겠습니다."

이장이 물러나자, 양정은 한숨을 내쉬며 혼잣말을 내뱉었다.

"거참, 바늘로 찔러도 피 한 방울 나오지 않을 것 같군."

이장이 상관에게 이런 평가를 듣게 된 건 다름 아닌 그의 친부 때문이었다.

본래 대역죄인 진양대군의 아들로 태어난 그는 기억도 안 나는 어린아이 시절, 태종의 막내아들인 익녕군 이치에게 입양되어 그를 친부로 여긴 채 자랐다.

그는 성장하면서 종친들 사이에서도 왠지 모를 푸대접을 받긴 했으나, 그건 아버지가 젊은 시절을 방탕하게 지내며 사고를 여러 번 쳤기 때문이라 여기곤, 아들인 자신이 더 잘해야겠다고 마음먹곤 했었다.

이장은 군역을 치르기 위해 입학한 사관학교에서 한명회의 아들인 한보에게 이유도 모르는 폭언과 괴롭힘을 당하다가 출생의 비밀을 알게 되어 큰 충격을 받았다.

그 탓에 누구에게도 사소한 흠조차 잡히지 않으려 지독한 원리 원칙 주의자로 변한 것이었다.

이윽고 조선의 무관들은 로마의 병사들에게 지시해 방열되어 있던 거포를 옮기기 위한 준비를 시작했다.

지시를 받은 병사들은 수많은 황소가 끄는 거대한 수레를 가져왔고, 수많은 인부가 안간힘을 쓰며 통나무를 포가 묻혀 있는 참호 인근에 깔기 시작했다.

각종 도구와 수많은 인부들을 동원해 포를 통나무 위로 간신히 올리자 하루가 꼬박 지나고 말았다.

한편, 아드리아노폴리스로 진입한 연합군은 사기를 잃은 오스만의 병사들을 손쉽게 상대하고 있었다.

연합에서 무너진 성벽을 점거하고 잡석 쪼가리로 만든 산탄을 계속 퍼부어대니, 술탄의 직속부대조차 버티지 못하고 물러났고.

정예병이 없는 상황에서 사기마저 바닥을 기는 평범한 병사들은 항복을 권유하는 황제의 제의를 받아들여 많은 이들이 백기를 들었다.

약 이틀에 걸쳐 도시 중앙으로 진입한 연합군은 새로운 임무를 받았다.

"술탄을 찾아라!"

"술탄이 성을 빠져나가지 못하게 철저히 확인해라!"

"이단자의 우두머리 술탄을 꼭 잡아야 한다!"

조선이 주최했던 전후 회동에 참여했던 군주들이나 휘하

관료들은 술탄의 얼굴을 알고 있었기에 수색 부대에 합류해 같이 움직였다.

회동에 참석하지 못했던 로마에선 베네치아의 젠틸레에게 거금을 주고 술탄의 얼굴이 대강 그려진 그림을 사 와 지휘관이나 병사들에게 그의 얼굴을 알렸다.

하지만 술탄은 그들의 예상과 다르게 도망가거나 숨지 않았고, 되레 자신의 친위대와 함께 최후의 항전을 준비했다.

에디르네의 대광장을 점거한 연합군은 술탄의 궁정 방어가 의외로 견고하다는 것을 깨닫곤, 광장 주변의 민가를 부숴 시야를 확보한 다음 공성용 구포를 동원해 궁정의 출입문을 공격했다.

"술탄이시여, 마지막 순간을 함께하게 되어 영광입니다."

"그래, 우리는 이단자에게 맞서 순교하게 되었으니, 선지자께서 말씀하신 대로 낙원에서 다시 만나게 될 것이다."

친위대장인 하산의 말에 경전의 구절을 일부 인용해 답한 메흐메트는 투구의 가리개를 내리곤, 말에 올랐다.

─쾅! 쾅! 쾅!

연합의 공성포에서 발사한 둥근 돌덩이들이 궁중의 출입문을 거세게 두들겼고, 뒤에서 대기하고 있던 술탄과 기병대는 최후의 돌격을 준비했다.

공격자 측에서 구포로 문을 두드리길 1시간가량 지나자 출입문의 경첩과 빗장이 견디지 못하고 비명을 지르듯 박살이 나고 말았다.

궁궐의 정문이 부서짐과 동시에 날아온 포환은 친위대에게도 들이닥쳤고, 운이 없는 이들에게 상처를 입히거나 목숨을 앗아갔다.

문이 부서지는 것을 신호 삼아 오스만의 마지막 돌격이 시작되었고, 술탄과 기병대가 연합군을 향해 달리기 시작했다.

판금 갑옷과 마갑으로 중무장한 기병대가 광장을 점거하고 있는 방향으로 달리자, 대기하고 있던 연합군의 고명한 기사들이 맞돌격을 개시했고, 오스만과 동유럽의 최정예들이 한자리에 모여 각축을 벌였다.

술탄 메흐메드는 친히 무기를 들어 그를 잡으러 달려드는 기사들을 낙마시켰고, 그의 친위대는 떨어진 적들을 말발굽으로 짓밟으며 무력화했다.

술탄의 그런 모습을 지켜보던 로마의 황제는 자신도 나이가 들었음을 한탄하며, 그의 젊음을 부러워하기도 했다.

그러나 술탄의 고군분투도 오래가지는 못했다. 상대적으로 다수인 연합군의 기사들이 오스만의 최정예를 상대로 분전하며 적의 절반가량을 무력화한 것이었다.

"보르카투스, 이제 네가 나설 차례다."

"예, 공작님."

왈라키아를 침공했던 술탄을 기습해 사경에 빠뜨렸던 장본인 이보을가대가 팔기군 청색 기마대를 이끌고 나섰고.

혼성 기병의 특성을 살려 경기병이 시간을 끄는 사이, 그는 수하들과 미리 연습한 대로 여진족의 대기병 전법 중 하나인 탄(올가미)과 그물을 던지기 시작했다.

본래 그 전법은 도망치는 적이나 포로들을 노획해 갈 때 주로 쓰는 방법이긴 하지만, 포획하려는 상대가 강하다 해도 숫자의 우위가 있다면 충분히 통하는 방법이기도 했다.

전혀 예상하지 못했던 유목민식 전법에 술탄의 친위 기병들이 하나둘씩 낙마하기 시작했고, 주군을 지키려는 그들의 분투도 결국 헛수고가 되었다.

술탄은 그의 애마와 함께 땅바닥을 굴렀고, 몸에 걸린 올가미를 풀어볼 겨를도 없이 빠르게 땅바닥을 기듯 끌려간 것이었다.

동료들에 이어 술탄마저 사로잡히자 전의를 잃은 친위대의 일부는 어쩔 수 없이 항복하기 시작했다.

한편 술탄과 함께 순교를 각오한 친위대장이나 일부 기병들은 끝까지 싸우다 죽음을 택했고, 수많은 연합군의 병사와 기사들도 그들과 함께 명을 달리했다.

결국 길었던 시가 공방전은 술탄이 사로잡히며 끝이 났고, 터번조차 쓰지 못하고 머리와 수염이 헝클어진 메흐메트는 로마의 황제를 바라보며 말했다.

"나의 패배다."

"그래, 우리의 결말이 이렇게 나고 말았군. 그리고, 그대가 예전에 했던 말이 생각난다."

메흐메트는 갈색 머리와 수염이 조금씩 희끗희끗하게 세어 가는 드라가시스를 바라보곤, 오만한 태도로 답했다.

"어떤 말을 이야기하는 건가?"

"난 내가 가진 제위를 그대에게 넘겨줄 테니, 콘스탄티노폴리스를 공격하지 말아달라고 했지만, 그댄 내가 가진 모든 것은 이미 그대의 것이라며 오히려 날 조롱했었지."

"그래, 그런 말을 하기도 했었지. 그래서… 처지가 뒤바뀐 패자를 비웃으려는 건가?"

"아니다."

"하고 싶은 말이 뭐지."

"신의 이름으로 약속하건대, 난 결코 그대의 목숨을 거두지 않을 것이다."

오만한 태도를 보이던 메흐메트는 삽시간에 표정을 일그러뜨렸고, 이내 화가 난 듯 고함을 쳤다.

"어째서? 너 같은 늙은이가 베푸는 값싼 관용에 내가 고마워하기라도 할 거라 생각하는 건가?"

"아니, 나도 충분히 생각해 보고 내린 결정이다. 술탄을 이단의 순교자로 만들 수는 없으니."

드라가시스는 메흐메트를 처형한다면 지독한 원한을 품은 오스만과 피할 수 없는 전쟁이 계속 이어질 거라 판단했다.

또한 메흐메트가 자비를 구걸하지 않고 오만한 태도를 보인 것 역시 마찬가지의 목적이었다.

자신이 처형된다면 종교적인 이유와 더불어 여러 가지 이유로 로마를 공격할 수 있는 명분이 오스만과 자기 아들에게 생길 것으로 판단한 것이었다.

"바실레우스, 정말 저 악마의 하수인을 살려두시겠단 말씀이십니까?"

보르카투를 부려 메흐메트를 사로잡은 블라드가 조금은 흥분한 목소리로 묻자, 드라가시스는 그저 쇠락한 황제가 아닌 정교회의 수장이자 유럽을 아우를 수 있는 군주로서 위엄을 담아 답했다.

"왈라키아 공은 짐의 결정에 불만이 있는 건가?"

블라드는 황제가 보여준 자신감과 기세에 살짝 당황했지만, 그간 품고 있던 오스만에 대한 분노를 표출하려 했다.

하지만 그는 스승인 후냐디의 시선을 받은 후 어쩔 수 없이 고개를 숙였다.

"아닙니다. 폐하의 뜻대로 하시옵소서."

국력상 연합군의 실질적인 수장이나 다름없는 후냐디가 드라가시스에게 예를 표하며 말문을 열었다.

"폐하께서는 혹시 술탄을 두 명으로 만들 생각이십니까?"

후냐디는 메흐메트의 아들 바예지트가 오스만의 근거지인 아나톨리아에서 술탄에 오른 것을 알고 있었기에, 메흐메트를 인질로 잡은 채 어린 새 술탄을 조종하려는 것인지 의문을 품었던 것이다.

"그 아이 대신, 다른 적법한 술탄을 옹립할 생각이라네."

드라가시스의 말을 들은 메흐메트는 경악한 표정으로 소리쳤다.

"뭣, 설마……. 이 교활한 늙은 여우 같으니! 오르한 놈을 네 꼭두각시 술탄으로 내세울 셈이냐?"

"그렇네. 그도 전대 술탄의 핏줄을 이었기에 자격은 충분하지 않던가. 앞으로 그 대신 그댈 내 새로운 손님으로 맞이하겠노라."

오르한 첼레비는 술탄으로 등극한 메흐메트의 숙청을 피해 로마로 망명한 오스만의 왕족이었기에 적법한 계승권이 있었고.

그를 메흐메트에게 무자비하게 숙청당했던 오스만 토호와 귀족 생존자들의 새 구심점으로 삼아 오스만을 둘로 분열시키는 것이 황제의 계획이었다.

"이럴 순 없다. 차라리 나를 죽여!"

"비록 이단자라곤 하나, 어찌 군주 된 자로서 타국의 군주였던 이를 죽일 수 있단 말인가? 그리할 수는 없네."

"…고작 찌꺼기 따위가 잘도 내게!"

"그렇게 나온다 한들, 내 기사들이 그댈 공격하진 않을 거야."

왜곡된 율법으로 순교란 명목의 자살 공격을 택하는 하사신 같은 이들과는 다르게 메흐메트는 신실한 믿음과 더불어 율법을 준수하는 성품이었기에 자살조차 할 수 없는 처지였다.

"신의 이름으로 그댈 저주할 것이다!"

병사들에게 끌려가는 메흐메트가 독기에 찬 표정으로 몸부림치며 욕설을 내뱉자, 드라가시스는 상대적으로 평온한 표정으로 성호를 긋고 나서 답했다.

"난 신의 이름으로 그댈 용서해 보려 노력하지."

후냐디와 블라드는 메흐메트를 괴롭히는 동시에 오스만의 분열을 꾀하는 드라기시스에게 감탄하며 예의를 보였다.

"그대들에게 부탁이 있네."

"어떤 부탁이십니까?"

"비록 이단자들에게 오랜 기간을 지배받았다곤 하나, 이곳의 주민들은 모두 내가 돌봐야 할 이들이네. 내 다른 방도로 보상할 테니, 병사들이 벌이고 있는 약탈 행위를 멈추어주었으면 좋겠군."

"폐하께서 저희에게 내리는 은총이 충분하다면 기꺼이 그렇게 하지요."

사실상 연합의 실세인 후냐디는 그의 청을 거부할 수도 있었지만.

그의 숙적이었던 메흐메트를 적절하게 처리하는 황제의 결단이 마음에 들어 적절한 보상을 요구하는 선에서 그치고 말았다.

"그대가 아니었다면 이단자의 군대를 이 땅에서 몰아내는 것은 불가능했을 것이로다. 내 섭섭하지 않게 보상해 주지."

"폐하의 관대한 조처에 감사드립니다."

사실 연합군이 점유한 로마의 옛 영토만으로도 충분한 보상이 되었다고 생각한 로마의 기사들은 남몰래 불평하기도 했으나.

그간 조선령 사라이를 통한 중계 교역과 더불어 입항하는 선박들의 세금으로 커다란 수입을 올린 로마에선 충분히 보상을 지급할 여력을 갖추고 있기에 황제는 흔쾌히 결단을 내린 것이었다.

한때는 망국을 향해 걸어가던 로마의 마지막 황제가 될 뻔한 드라가시스는 마침내 어깨에 지고 있던 커다란 짐을 떨쳐 내고 진심으로 웃을 수 있었다.

드라가시스는 수복한 아드리아노폴리스의 시민들에게 현실적으로 무리한 개종을 강요하는 대신 종교세를 물리는 것으로 그의 새 치세를 시작했다.

한편 이번 전쟁을 통해 연합군에게 투자해 천문학적 수입을 올리게 된 조선은 비로소 언제든 영향을 미칠 수 있는 안정적인 세력 구도가 만들어진 것에 만족했다.

이번 전쟁을 통해 조선은 동방뿐 아니라 서역 일대에도 직간접적으로 커다란 영향을 끼칠 수 있는 위치로 올라선 것이었다.

그 소식은 광무제에게도 전해져 그를 기쁘게 했지만, 그때 한동안 잠잠했던 남명에서 중대한 일이 발생했다.

*　　　　*　　　　*

1467년의 봄, 남명에선 중대한 일이 연달아 터졌다.

경태제의 맏아들이자 태자인 주견제(朱見濟)가 원인 모를 병으로 앓아누운 데다 또 다른 악재가 동시에 터진 것이었다.

결국 수도인 남경에선 긴급 어전 회의가 열렸다.

"절강 일대에 대규모 습격이 있었다지?"

"예, 그렇다고 하옵니다."

"설마, 복건의 역도들이 세를 회복한 것이냐?"

"황상, 이 무도한 습격자 무리는 여럿으로 패를 갈라 절강의 해안뿐만이 아니라 내륙까지 헤집고 다녔다 하옵니다."

"대체, 얼마나 많은 무리가 돌아다녔길래 그러지?"

"추정된 숫자를 따져보면 3천에 가깝다고 하옵니다."

"허, 복건의 역도들에게 그럴 여력이 있던가? 황군의 남하를 막기도 바쁜 상황일 텐데."

주기진의 말대로 잔평은 천주 해전에서 해군력을 거의 다 상실한 채, 그간 수없이 잡아왔었던 노예까지 병사로 동원해 남명군의 남하를 막아내는 데 집중하고 있었다.

"복건의 역도가 아닌 세외에서 개입한 것이라 추측 중이옵니다."

"그게 어딘지 짐작이 가나?"

"그것은 좀 더 시간을 두고 알아봐야……."

경태제 주기옥이 각부의 상서들에게 여러 질문을 이어갈 무렵, 뒤늦게 편전에 입장한 병부상서 겸 내각대학사 우겸이 말문을 열었다.

"황상, 신이 감히 황상의 부름에 늦었습니다. 그 죄를 물어 주시옵소서."

"아닐세, 이 시국에 그대가 늦었다면 합당한 이유가 있을 터. 사유부터 말하게나."

"황송하옵니다. 신이 늦은 연유는 절강에 급히 파견했던 전령들의 소식을 가져오느라 그랬사옵니다."

경태제는 아끼는 맏아들이 앓아누운 데다 나라에 변이 생겨 화가 난 와중에도 우겸에게 엷은 웃음을 보이며 답했다.

"병부상서는 그런 연유로 짐에게 죄를 청할 필요가 없었노라."

"사유야 어떻든 신이 지엄한 법도를 어긴 것은 엄연히……."

"그만하고 알아 온 소식부터 전하게."

우겸은 고개를 숙이며 말을 이어갔다.

"예. 신이 알아 온 소식을 황상께 고하겠사옵니다."

"그래."

급하게 편전으로 오느라 의관이 살짝 흐트러져 있던 우겸은 정리할 생각도 못 한 채, 가져온 보고서를 꺼내 읽기 시작했다.

"신이 파견했던 이들이 살아남은 주민들이나 병사에게 물으니, 습격자들은 하나같이 야인처럼 머리를 짧게 자른 데다 장창과 얇은 도로 무장한 이들이었다고 합니다."

우겸은 주민들의 증언이 담긴 보고서를 읽으며 대략적으로나마 그들의 모습이나 용모파기에 관해 설명을 이어갔고, 경태제는 긴 이야기가 끝나자 질문을 던졌다.

"그것만으로 습격한 이들의 정체를 파악할 수 있겠는가?"

"아뢰옵기 송구하오나, 신이 추측한 대로라면 습격자들의 정체는 왜국에서 온 이들이라 짐작되옵니다."

"뭐라? 설마 왜구라도 다시 준동한 것인가?"

"신이 준비한 다음 문건에도 적어두었지만, 습격자들이 사용한 말을 기억한 주민들의 변을 정리하고 알아본바, 그것이 왜어임을 알 수 있었습니다."

"허, 왜국 따위가 감히 대국을 도모했다는 것이냐?"

"신이 사료컨대, 왜국이라기보단 그들 중 일부 세력으로 짐작되옵니다."

"병부상서는 어째서 그리 생각하는가?"

"그간 제후국 유구를 통해 세외의 소식을 들어보니, 왜국은 왜왕 정이대장군이 북국의 제후를 자청한 상태라 하옵니다."

"그건 나도 알고 있노라. 명목은 그렇지만, 사실상 조선의 제후나 마찬가지 아니던가."

"그러하옵니다. 구주에서 벌어졌던 영주 간의 전쟁에 조선이 개입했고, 결국 조선이 왜국의 서부를 장악한 상황이기도 하옵니다."

"짐도 아는 옛이야길 하는 이유가 무엇인가."

"신이 그 후로 알 수 없었던 사정도 얼마 전에 들었사옵니다."

"그게 뭔가?"

"왜국의 영주들이 극심한 사치에 빠져 북국에 사람을 내다 팔기도 하고, 몇몇은 빚을 진 이웃 영주에게 영지를 빼앗기기도 하고, 때론 자기들끼리 싸움을 벌이기도 한다 합니다."

"허 참, 나라 같지도 않은 꼬락서니가 실로 안타깝기까지 하구나. 병부상서의 말을 듣고 보니 흉수의 정체가 왜국의 영주들로 짐작되노라."

"예, 신도 몇몇 왜국의 영주들이 부족한 재정을 메우고자, 아국의 해안가를 노린 것이라 짐작하고 있사옵니다."

"하면, 이 일을 어찌 처리했으면 좋겠는가?"

"아국의 수군 사정이 몇 년 전에 비하면 좋아졌긴 했으나, 절강 일대를 모두 방비하기엔 무리가 따르옵니다."

"그래, 병부상서의 말이 옳도다."

"하여, 절강에 머물며 습격에 대비할 병사가 필요하다 여겨지옵니다."

"수군만으론 부족한 것인가?"

"예, 수군도 수군이지만, 해안가에 상시 주둔할 정병이 필요하옵니다."

"그보다, 대국을 침범한 무도한 놈들의 근거지를 찾아 징치하는 것이 우선이라 생각하네."

"황상, 이 일은 단지 왜국과 아국 간의 일이 아니옵니다. 섣부르게 손을 대는 순간, 조선의 원정 함대가 움직일 수 있습니다."

경태제는 그동안 광무함과 비슷한 거함을 건조해 보려고

노력했었지만, 남명의 기술로 그런 배는 도저히 흉내조차 낼 수 없다는 이야길 듣고 보선을 개량하는 데 그쳐야 했었다.

우겸에 말에 흠칫한 그는 입을 쓰게 다시며 조심스럽게 다른 의견을 제시했다.

"그럼 왜국을 관장하는 조선에 칙사를 보내 이 일을 알리고, 재발하지 않게 이야기하는 것은 어떻겠나?"

"흉수의 정체가 누군지도 모르는 상황이옵니다. 정황과 추측만으로 조선에 칙사를 보내는 것은 과하다 여겨지옵니다."

함부로 조선을 자극할 만한 빌미를 주지 말라는 우겸의 말에 경태제는 씁쓸한 표정을 지으며 고개를 끄덕였다.

"…알겠다. 병부상서의 말대로 아국의 방비부터 단단히 해 두는 것이 좋겠군."

우겸 역시 조선의 눈치를 보는 건 자존심이 상하긴 마찬가지였다. 하지만, 지금 남명이 처한 현실을 잘 알고 있기에 어쩔 수 없었기도 했다.

"절강에 주둔할 정병부터 새로 선별하는 것이 어떻겠사옵니까?

"그러도록 하지. 그대가 생각해 둔 인재가 있는가?"

"척선(戚宣)이란 이가 있사옵니다."

"병부상서가 자신 있게 추천하는 것을 보니, 뛰어난 재인인가 보군."

"예, 본래 척선은 등주 사람으로 집안 대대로 등주위지휘첨사(登州衛指揮僉事)를 지내던 명문 척가의 장손이옵니다. 무과에 합격해 지금은 남직례의 진무직을 역임 중이옵니다."

"조선에 넘어간 등주 출신이 어쩌다 아국을 따른단 말인가?"

"그의 아비 척간은 달자의 무리가 경사를 범궐했을 때 소집한 장병을 따라왔고, 신과 함께 달자 놈들과 끝까지 맞서다 명을 달리했사옵니다."

"듣고 보니, 짐이 그를 황성 수비군으로 임명했던 기억이 어렴풋이 난다. 그에게 아들이 있었다고?"

"예."

"어째서 진작 그런 이야길 하지 않았나? 혹시 자네가 척선의 신변을 책임진 것인가?"

"예, 신이 북에서 탈출하고 나서 혼란스러운 틈을 타 등주로 사람을 보내 데려왔습니다. 그 뒤론 그 아이를 제 아들처럼 키웠습니다."

"잘했네. 짐에게 충정을 보인 명가의 자손을 암군이나 조선에 넘겨주었으면 속이 쓰릴 뻔했겠어."

"예, 척가는 앞으로도 대를 이어 황상에게 충심을 다할 것입니다."

"알겠네. 병부상서의 말대로 왜구에게 맞설 부대를 창설하고, 그들을 절강병이라 명명하도록 하지. 그 책임자로 척선을 임명하겠네."

"황은이 망극하옵니다."

우겸의 추천으로 척선은 절강성 해안 방비를 책임질 부대의 책임자로 발탁되었다.

그는 우겸에게 거두어진 어릴 적부터 병법을 배워 나름대로 군략에 밝은 편이었고, 스승의 영향으로 화기에 조예가 깊었다.

그는 부임지인 절강성에 도착하자, 태주부(台州府)에서 우겸과 함께 북경에서 싸우다 탈출했던 노병들과 함께 병사들을 징병했다.

최근은 잠잠한 편이지만, 잔평국의 해적과 더불어 새로운 침략자에게 시달린 주민들은 황상이 보낸 젊은 장군에게 불신의 눈길을 보냈다.

"쯧쯧……. 저런 젊은 사람이 대체 무엇을 하겠어?"

"대체 얼마나 어리길래 그래?"

"아직 이립(서른)도 안 됐다던데."

"그런데도 그 자리에 오른 걸 보면 대단한 인물 아닌가?"

"글쎄……. 내가 보기엔 집안 잘 만나 벼락출세한 서생으로밖에 안 보여."

태주부의 해안, 작은 어촌의 주민들이 삼삼오오 모여 새로 부임했다는 장군에 대해 평하자, 덩치 큰 사내가 끼어들었다.

"에이, 내가 듣기론 나이가 어리긴 해도 병부상서 대인의 적전 제자라던데?"

"야! 병부상서의 제자라고 다를 거 있냐? 따지고 보면 그 사람이 해놓은 게 뭐가 있어? 북의 이적을 막길 했어, 아님 복건의 해적 놈들을 처리하길 했어? 네 말대로라면 공적도 없는 젊은 제자를 요직에 임명한 거나 마찬가지 아냐?"

황제의 총신이자, 관료들이라면 누구나 존경해 마지않는 우겸에게 독설을 퍼부은 사내가 어안이 벙벙한 주민들을 상대로 말을 이어갔다.

"솔직히, 잔평의 해적 놈들을 깨부순 것도, 북쪽의 이적 놈들을 도로 몰아낸 것도 조선이잖아. 애당초 이 나란 남이나 북이나 조선이 없었으면 망할 뻔했다 이 말이야. 차라리 그럴 바엔⋯⋯."

"어허, 이 사람이⋯⋯. 말조심해."

"왜, 내가 틀린 말이라도 했나?"

"이봐, 진 씨, 자넨 중원인으로서 자부심도 없어?"

덩치 큰 사내가 얼굴이 시뻘게져 진 씨에게 따지자, 나라를 비난했던 당사자는 되레 비꼬듯 말을 이어갔다.

"그 잘난 자부심을 가지고 있으면, 외적들이 물러가기라도 하나? 아니면 잘 먹고 잘살길 하나?"

"하긴, 진 씨가 한 말이 틀린 건 아니지. 소문을 듣자 하니 조선에 편입된 산동은 잘 먹고 잘산다잖아."

"그래, 거기가 잔평이나 왜구에게 습격을 당할 것 같아?"

한편, 중화인으로서 자부심이 넘치던 사내 금 씨가 큰소리를 쳤다.

"조선이 그렇게 좋으면 거기 가서 살든가! 황상의 은혜도 모르는 역적 놈들 같으니."

"네놈은 우릴 여기로 보낸 게 누군지 잊은 거냐?"

"그거야……."

진 씨에 동조한 이들이 함께 나라 욕을 하고 있을 무렵, 그들에게 낯선 얼굴의 젊은 사내가 나서서 물었다.

"어르신, 이곳의 사정이 그리 좋지 않습니까?"

"그쪽은 뉘신가?"

"아, 항주에서 새로 이주한 곡가라고 합니다."

"그래? 자넨 무슨 죄를 지어서?"

"그게… 굶는 딸아이 때문에 쌀을 조금 훔치는 바람에……."

그러자 남명 조정의 편을 들던 사내 금 씨가 곡 씨에게 물었다.

"요 10년 사이 세도 대폭 줄고 먹고살 만해졌는데, 쌀은 왜 훔친 건가? 하다못해 요역이라도 나가면 먹을 걸 주는데."

"그러는 네놈은 뭐가 잘나서……."

진 씨가 비아냥대자, 금 씨는 그를 쏘아보며 답했다.

"너 같은 매국 놈을 두들겼으니까 여기 온 거지. 왜, 너도 그리해 주리?"

"그럴 만한 사정이 있었습니다."

현재 이 마을 주민 대부분은 가벼운 죄를 지은 죄수 출신으로 이뤄져 있었다.

잔평국과 가까운 절강성 태주부는 수많은 피해를 보았고, 너 나 할 것 없이 고향을 버리고 도망가는 이가 많아졌다.

요지를 포기할 수 없었던 남경에서는 조처를 내려 절강의 해안가 일대는 유배지 겸 최전선이 된 것이었다.

"쯧, 딱하게 되었군. 나도 항주 출신인데, 어디 살았었나?"

"서호(西湖) 근처에서 살았었습니다."

"나도 예전에 구경하러 간 적이 있었는데, 거기 참 절경이었었지. 지금이야……. 뭐 이러고 살지만."

"아, 어르신께서도 서호에 오신 적이 있으십니까?"

"항주 사람치고 소동파가 노닐던 서호 모르는 사람이 있겠나? 아무튼 앞으로 이웃이 될 사이니 잘 부탁하겠네."

"말씀만으로도 감사드립니다."

*   *   *

침략자에 맞설 절강병을 모집한다는 소식을 듣고 피 끓는 마음으로 자원한 중화 남아 금 씨는 의외의 얼굴을 보게 되었다.

깍듯이 어르신 대접을 하던 곡 씨가 그와 함께 입대한 이들을 격하게 환영하며 보답으로 고된 훈련을 시킨 것이었다.

척선은 절강병 모집에 앞서 현지의 민심을 알아보려 변장하고 마을들을 돌아다닌 것이었고, 지금은 본래의 모습을 유감없이 보여주고 있었다.

"이봐! 거기! 누가 내 허락도 없이 멋대로 화기를 발사하라고 했나?"

"예? 소인은 그게……."

"그댄 상관의 지시를 어겼으니 태형에 처한다."

"이보게 곡… 아니, 첨사 대인! 부디 한 번만 용서를……."

"고작 훈련에도 이런 실책을 저지르는 병사가 어찌 왜적의 침입을 막을 수 있겠는가?"

"대인, 다음부턴 절대 그러지 않겠습니다."

"실전에서도 다음이란 게 있을 것 같나? 이보게, 당장 죄인을 엄히 다스리거라!"

"명을 받들겠습니다."

척선의 명을 받은 노병이 답했고, 의욕만 넘쳐 제멋대로 휴대용 사석포를 발사한 금 씨는 형장으로 끌려가 매를 맞아야 했다.

척선은 스승이자 양아버지나 다름없는 우겸을 닮아 엄격한 성품을 가지게 되었고, 규율을 중시하는 장수가 되었던 것이다.

토목보의 참패를 겪은 생존자의 증언으로 말미암아 통제되지 않은 사격은 재앙이나 다름없다는 교훈을 얻은 우겸은 지휘관의 허락 없이 발포하는 것을 엄금했고, 북경에서도 패하긴 했으나 나름대로 성과를 올렸다.

스승과 마찬가지로 제자인 척선도 사격 통제를 가장 중요시하게 된 것이었다.

게다가 남명의 주요 화약 공급처가 조선이었고, 들여오는 양 또한 중원이 여러 개의 나라로 갈라지기 전과는 비교조차 할 수 없을 정도로 부족한 양이었기에 화약은 실로 귀한 전략 물자라 할 수 있기도 했다.

그런 사정에도 불구하고 귀한 화약을 들여 병사들에게 연습 사격을 시키는 것은 실전에 앞서서 화기에 익숙해지게 만들고자 하는 의도였다.

그렇기에 실수를 저지른 병사들은 엄격한 처벌을 받았고, 절강성의 새 첨사는 귀신처럼 엄하다고 소문이 자자하게 되었다.

엄정한 군기를 유지하며 훈련을 계속 이어가던 척선은 여름이 시작될 무렵, 약탈자들이 동쪽을 습격하고 내륙으로 이동했다는 소식을 듣게 되었다.

*　　　　　*　　　　　*

척선이 이끄는 절강병은 척후병의 안내를 받아 왜구들이 있는 삼문현(三門縣)으로 향했다.

삼문현은 바닷가 줄기가 세 갈래로 갈려 삼문만이라고 불리는 해협에 위치했으며.

복잡한 해안선과 더불어 많은 섬을 끼고 있는 지방이었다.

"여긴, 아무것도 남지 않았군."

약탈당한 마을의 풍경을 돌아보던 척선이 혼잣말을 꺼내자, 교관이자 우겸의 병사였던 곽청운이 입을 열었다.

"첨사 대인, 인근의 도저소(桃渚所)도 이미 함락되었을 겁니다."

"도저소면… 진(陣)이나 다름없는 곳인데 왜구들이 그리 쉽게 넘볼 수 있던가?"

"도저소는 본래 조운미를 남경으로 운반하기 위해 설치된 시설이니, 방어에 적합하지 않습니다."

"그곳을 지키는 병사들도 어느 정도 있을 것 아닌가."

"본래 법전상 편제된 병사는 천 명이지만, 실제로 배치된 수는 그 절반가량 될 것입니다."

"어째서지?"

"잔평의 역도들이 절강 일대를 제집 드나들 듯 들렀기에 그렇습니다."

"잔평의 공격이 멈춘 지도 오래되었잖은가. 그동안 충분한 시간이 있었는데."

"대인께서도 아시다시피, 아국의 북쪽 전선을 유지하는 게 최우선이고, 이곳의 주민들이 많이 줄었기에 그렇습니다."

"으음…… 정말이지, 여길 정상화하려면 얼마나 많은 시간이 필요할지 모르겠군."

중원을 가로지르는 장강을 천연 국경선으로 삼은 북명과 남명은 수많은 요새와 진을 축조했고.

각자 엄청난 예산과 병력을 투입하고 있다.

해마다 소규모 교전도 한두 차례씩 벌어졌지만, 대규모 회전이나 전쟁까진 가지 않았다.

북쪽에선 전쟁을 벌이고 싶지 않아 하는 광무제의 보이지 않은 손이 작용한 데다, 오이라트와 더불어 사천에 자리 잡은 명하국(明夏國)의 도발이 이따금 일어났기 때문이고.

남쪽에선 장강 전선 유지와 더불어 몸속을 갉아먹는 잔평 때문에 힘겹게 양면 전선을 유지해야 하는 데다 남경과 가까운 산동을 점유 중인 조선의 눈치마저 봐야 하니, 섣부른 도박에 나설 수 없었던 것이다.

그나마 잔평이 해군 전력을 잃은 사이, 여유가 생긴 병력을 복건 방면에 투입해 남하하고 있긴 하지만.

명나라의 체제를 혐오하며 거부하는 잔평군의 필사적인 방어를 뚫기는 쉽지 않았다.

그렇기에 언젠가 남명이 잔평을 멸하고 복건을 수복한다 해도 진통이 예정되어 있는것이나 마찬가지였다.

지나치게 달라진 사회구조나 사상도 문제이고, 반발 때문에 세금을 제대로 거둘 수 있을지도 의문인 상황이기도 했다.

척선은 폐허가 되다시피 한 도저소를 발견하곤 내심 한숨이 나올 뻔했지만.

병사들 앞에선 약한 모습을 보이지 않으려 근엄한 표정을 지었다.

나라를 구하겠다고 절강병에 자원했던 이들 중엔 불타거나 배가 갈라진 시체를 보고 겁을 집어먹은 이들도 있었다.

"첨사 대인, 이 일대를 약탈한 왜구 천여 명이 강줄기를 따라 남하 중이라고 합니다."

척후병이 가져온 보고를 들은 척선은 주변의 지형을 살폈다.

"우린 여기서 매복을 한다."

척선은 강 근처에 숲을 보곤 최적의 매복 장소라고 생각했지만, 곽청운은 조심스럽게 다른 의견을 내었다.

"이런 숲에선 장창이 힘을 쓸 수 없습니다."

"왜구 놈들도 장창과 도로 무장했다는데, 그럼 같은 조건이 아닌가? 그리고 무엇보다 우리에겐 화기가 있으니 유리하다고 보이네만."

"아군이 가진 화기론 기습을 해봐야 단 한 번, 운이 좋아야 두 번 정도 쏘는 것이 고작입니다."

"그래도 엄청난 피해를 줄 수 있다고 보네만."

병부상서 우겸은 사정거리가 짧았던 기존의 개인화기인 수지사석포를 개량해 유효 사정거리를 50미터가량으로 늘였고.

가벼운 납으로 제작된 산탄과 더불어 적정량의 화약이 포장된 주머니까지 제작해 병사들의 편의와 전투력 향상을 도모했다.

그는 한때 조선에서 쓰고 있다는 개인화기인 총을 구해서 개량에 참고해 보려고도 했지만.

국가 차원에서 엄중하게 관리해 수출금지품목으로 묶인 무기를 구하는 건 요원한 일이었다.

"나도 왜구의 전법에 대해선 충분히 공부했다고 생각하네. 굳이 창을 휘두르지 않아도 적을 향해 겨누고 진을 유지하는 것으로 충분히 그 쓰임을 다하지."

"그 말씀도 맞습니다만, 저들의……."

"자네가 염려하는 대로 저들의 단병전 능력이 뛰어난 것도 아네."

"으음……."

"등패병과 창수로 진을 치고 화기 공격을 이어가면 충분히 이길 수 있다고 생각해. 그러니 이대로 매복한다."

"알겠습니다."

결국 숲에 자리를 잡은 절강병 1,000명은 기척을 죽인 채 매복에 들어갔다.

이들은 화살 공격에 대비해 갑옷을 잘 갖추고 있었고, 화기병은 휴대용 거치대 위에 사석포를 올린 채 만반의 준비를 마쳤다.

"온다. 본관의 신호에 맞춰 방포하라."

척선의 말대로 병사들의 눈에 천여 명의 왜구들이 시끄럽게 떠들며 이동하고 있는 모습이 보였다.

"대인, 저놈들이 백성들을 포로로 잡고 있습니다. 이대로 공격하시겠습니까?"

곽청운의 물음에 척선은 갈등했지만, 빠르게 결단을 내렸다.

"어쩔 수 없네. 이대로 왜구들을 돌려보내면 이후 더 큰 피해를 볼 테니."

왜구의 선두가 강가를 지나가며 사정거리에 들자, 척선의 신호에 맞춰 화기 공격이 개시되었다.

짧게 잘라둔 도화선이 빠르게 타들어가자, 굉음과 함께 이백여 정의 화기에서 발사된 산탄이 왜구들의 머리 위에 쏟아졌고,

헐벗은 복장을 한 채 장창을 들고 있던 왜구의 잡졸들이

피를 쏟으며 쓰러졌다.

"좋아! 준비되는 대로 다시 방포하라!"

척선은 수많은 적이 한 번의 일제사격으로 무력화되자, 자신도 모르게 흥분했고.

그의 지시대로 화기병이 재장전을 하는 동안, 등패병과 장창수가 그들을 보호하려 나섰다.

그리고 살아남은 왜구 중 일부가 고함을 지르며 절강병을 향해 달려들기 시작했다.

화기병 중 3분의 1가량만이 빠르게 재장전을 마치고 재차 산탄을 발사했지만, 의외의 일이 발생했다.

돌격하는 왜구들이 걸친 갑옷이 의외로 단단해 산탄으로 별다른 피해를 주지 못한 것이다.

오합지졸처럼 죽어간 졸개와 다르게 달려오는 이들은 죽음을 두려워하지 않고 침착하게 대열을 갖췄고.

중갑으로 무장한 왜구들이 창과 방패로 구성된 진형으로 뛰어들자, 척선이 예상하지 못한 사태가 발생했다.

그들의 백병전 능력이 그의 예상을 한참이나 웃돈 것이다.

화려한 갑옷을 입고 사람 키만큼이나 길고 무거운 장도를 든 이가 창대를 잘라 버린 다음.

등패병이 들고 있던 방패를 간단하게 부수자 진형에 틈이 생겼다.

그 틈을 파고든 이들은 왜도와 쇠구슬을 여럿 박아둔 몽둥이로 진형 안쪽의 절강병을 공격하기 시작했다.

절강병은 철저하게 개인이 아닌 진형이 되어 움직이도록 훈련되었고, 징집병이 많아 개개인의 백병전 능력은 떨어질 수밖에 없었다.

단지 수십에 불과한 이들이 절강병을 참살하며 전진을 시작하자, 그들의 진형은 삽시간에 붕괴하기 시작했다.

"대인, 여긴 소관이 맡을 테니 자리를 피하시지요."

"곽 교두, 그럴 순 없네. 어찌 장수 된 자로서 수하들을 버리고 도망칠 수 있단 말인가?"

"애당초… 급하게 훈련한 병사들로 저들을 상대하는 것부터 무리였습니다."

"그래도 갈 수 없네."

그들이 실랑이하는 사이, 뒤이어 따라온 왜구들이 붕괴한 진형 사이로 파고들었고.

재장전을 마친 화기는 차마 다시 쓰이지도 못한 채 주인을 잃었다.

곽청운은 죽음을 각오한 채, 노병 출신인 동료들에게 척선을 데리고 이곳에서 도망쳐 달라는 부탁을 남겼다.

*   *   *

한편, 왜구들의 총대장인 요시카와는 구주 왜란 당시 수군 대장으로 참전했던 장수이며, 당시 전쟁의 주역이었던 주군 야마나 소젠을 잃고 낭인이 되고 말았다.

야마나 소젠은 막부와 조선에 대죄를 지은 죄인으로 처형되었기에, 그를 정식으로 거두려던 영주가 없었던 것이다.

그는 훗날 왜국에서 검성으로 추앙받은 이이자사 이에나오의 제자 중 한 명이기도 했다.

막부의 실세인 호소카와 가문의 수하들이 조선에서 배워온 무술로 내로라하는 도장의 무사들을 격파하고 다니자, 충격을 받은 이이자사는 대응할 방법을 찾겠다며 은둔한 상황이었고.

요시카와는 의지할 스승마저 행방이 묘연해지자, 휘하를 이끌고 객장의 신분으로 영주들의 용병 노릇을 하며 살았다.

어느 날 그는 세토내해에 자리 잡은 섬나라 이요(伊予, 난카이 지방)의 영주인 고노에게 어떤 제안을 들었다.

그의 제안이 마음에 들지 않았던 요시카와는 거절했었지만, 더 많은 보수를 제시받자 굴복하고 말았다.

요시카와와 수하들은 지독한 공허와 상실감을 달래려 사치와 가챠에 빠졌고.

용병 일로 버는 돈을 족족 탕진했기에, 돈이 절실해졌다.

그는 명목상 고노 가문의 수군 대장이 되었지만, 실질적인 업무는 이웃한 영주들을 약탈하는 것이었다.

그는 조선이 장악한 세토내해 인근을 피해 동쪽 해안에 위치한 영지들을 약탈 대상으로 삼았다.

처음 일 년간은 짭짤한 수익을 올리긴 했으나, 심각한 피해를 본 영주들이 막부에 해적을 단속해 달라며 호소했고.

광무제는 호소카와의 요청을 들어 구주에 주둔하던 함대 중 일부를 관동에 파견하였다.

결국 원정 갈 곳이 없어진 고노와 요시카와는 고심에 잠겼다.

한참을 고민한 끝에 조선과 상관없는 장소를 찾던 그들은 소거법의 일환으로 새로운 약탈 장소를 정했다.

조선과 가까운 사이가 아닌 남명과 유구를 그 대상으로 고른 것이다.

그들은 첫 원정에 대규모의 병력과 선박을 동원해 만반의 준비를 했지만.

첫 공격은 긴장한 것이 의미가 없을 정도로 일방적이었다.

그들은 손쉽게 절강 해안의 마을들을 약탈하고 주민들을 노예로 잡았으며, 강을 따라 이동해 내륙의 마을까지 약탈했지만 변변한 군대조차 만나지 못했다.

정박해 둔 배로 돌아가는 길에 오백가량의 군대와 우연히 만났지만.

적은 요시카와군의 선봉이 진형에 뛰어드는 것만으로도 뿔뿔이 흩어졌고, 어이가 없을 정도로 손쉬운 승리를 거두었다.

한편 유구로 출발했던 원정대는 나름대로 거센 저항을 받아, 기대한 만큼 실적을 올리진 못했다.

첫 번째 원정이 대성공을 거두자, 고노 가문의 가주와 요시카와는 한동안 공통적인 취미 생활에 몰두할 수 있었다.

조선에서 들어온 사치품과 가챠가 유행하자 각종 도박과 더불어 사행성 물품도 덩달아 발전했기에, 규모가 있는 영지라면 으레 대규모 도박장이 성행한 것이다.

한동안 도박장에 처박혀 벌어둔 돈을 탕진한 요시카와는 돈이 떨어지자, 도박장에서 한몫 잡으려는 건달이나 낭인들을 꼬드겨 새로운 사병으로 삼았다.

그리고 고노에게 전리품 일부를 바치겠다고 약속하곤, 단독 원정에 나섰다.

고노 가문의 병사가 아닌 도박에 미친 건달들과 낭인들로 구성된 2차 원정대가 절강성으로 출발했고.

지난번처럼 손쉬운 약탈을 즐기던 그들은 귀환하던 중 느닷없는 습격을 당한 것이다.

본래 갑옷조차 제대로 갖추지 못했던 도박중독자들의 삼분지 일가량은 갑작스러운 화기 공격에 명을 달리했지만.

구주에서 조선군과 싸우며 강제로 화기 공격에 단련되었던 요시카와와 직속 휘하들은 곧바로 대처할 수 있었다.

그들은 조선의 철갑처럼 가볍고 튼튼한 갑옷을 갖추진 못했지만, 과하다 싶을 정도로 두껍게 만든 철제 흉갑으로 무장하고 있었던 것이다.

다른 부분은 그렇게 만들 수 없어 전통적인 요로이 갑옷 일부를 그대로 이용했지만, 치명상을 막는 데는 충분했다.

게다가 그 역시 고명한 검술가의 제자 출신인 만큼, 검술에 조예가 깊었고.

손수 적진에 뛰어들어 거대한 장도를 휘둘러 적의 진형에 빈틈을 낼 수 있었다.

그의 눈부신 선전으로 수하들이 적진에 파고드는 데 성공하자, 분위기가 급변했다.

그들이 분전하자, 살아남은 건달이나 낭인들도 용기를 얻어 전투를 이어갔고.

가로막는 적병들을 베며 전진하던 요시카와는 본능적으로 적장으로 추정되는 인물과 마주했다.

요시카와가 보기엔 평생을 전장에서 구른 듯한 노장은 명나라 특유의 반들반들한 갑옷인 명광개를 갖춰 입은 채 길이가 짧은 대신 두껍고 무거워 보이는 대도를 들고 자신을 노려보고 있었다.

요시카와는 간만에 무인으로서 상대할 만한 적을 만났다

는 것에 기뻐하며 수하들을 뒤로 물렸고.

직감적으로 한 수에 승부가 결정되리라 예감했다.

요시카와는 첫 일격에 모든 것을 걸기로 마음먹고, 장도를 가로 방향으로 휘두르기 위한 자세를 잡았다.

요시카와의 공격이 시작되자, 상대는 예상했다는 듯이 대도를 거꾸로 들어 방어에 나섰고.

남은 한쪽 팔을 대도의 넓은 도면에 대고 충격을 흡수하려 했다.

하지만, 그런 상대의 필사적인 방어조차 무색한 일이 벌어지고 말았다.

요시카와가 휘두른 장도가 대도를 박살 내고 팔을 잘라낸 것이다.

단 일격에 승부가 난 둘의 싸움은 요시카와가 신음하고 있는 상대의 고통을 덜어주려 목을 쳐주며 끝이 났고.

지휘관이 목숨을 잃자, 휘하의 병사들 역시 일제히 도망치면서 전투도 끝이 나고 말았다.

"역시… 무기는 조선제를 따라올 게 없군. 거참……."

요시카와의 장도는 구주를 통해 들어온 수입품이었다.

주군을 죽게 만든 조선을 두려워하며 싫어하던 그도 전장에서 살아남기 위해선 어쩔 수 없이 그들이 만든 것을 쓸 수밖에 없었다.

결국 요시카와는 단독으로 나선 2차 원정에서 피해를 보긴 했으나, 사망자 대부분이 노름꾼 출신의 건달이었고.

　절강병을 통해 화약과 화기마저 손에 넣게 되었다.

　원정을 마친 요시카와는 고노 가문의 휘하가 아닌 독자적인 세력으로 거듭나겠다는 야망마저 품게 되었고.

　살아남은 낭인이나 건달들이 사망한 동료들의 몫을 챙겨 돌아가자, 기회의 땅에 대한 소문이 서서히 시중에 퍼지게 되었다.

　그렇게 태동한 신흥 왜구와 복수심에 불타는 절강병의 기나긴 싸움의 서막이 열리게 되었다.

제2장

신세계

한성의 고위 관료들이 모여 사는 북촌(北村)에선 유독 눈에 띄는 특이한 건축물이 지어지고 있었다.

북촌의 가택들은 낮은 담벼락을 기반으로 지어진 한옥들이 었기에, 탑처럼 높이 솟은 건물은 눈에 띌 수밖에 없었던 것이다.

그 건물의 주인은 관료들 사이에서도 기인으로 취급받는 신숙주였다.

그런 그가 별당을 개축하고 탑처럼 생긴 건축물을 붙여 세웠을 때, 그것의 용도를 두고 의아해하는 이도 많았지만.

신숙주는 본래 젊은 시절 북방 화령의 요지인 미타주를 개척한 인물이었다.

게다가 티무르의 수도 사마르칸트에 다녀와 건축 기술을 배웠기에 현 공조판서만큼, 어쩌면 조선의 그 누구보다 토목에 더 능하다 할 수 있었다.

그런 능력을 지닌 예조판서의 기벽쯤으로 취급된 새로운 별당은 금세 세간의 관심을 잃었다.

도승지 박팽년은 1468년 여름의 더위가 한창일 무렵, 휴일을 맞아 신숙주의 집을 찾았다.

그는 소문으로만 들었던 신숙주의 별당이 궁금하기도 했고, 간만에 친구와 술이라도 한잔할 겸 그의 집을 찾은 것이었다.

신숙주가 만든 별당과 탑의 모습은 돌을 쌓아 만들고 겉면에 회를 잔뜩 바른 데다 기와지붕도 없었고, 탑의 상단은 희한한 구조의 창살에 더불어 사방이 뚫려 있었기에 정확한 용도를 알 수 없었다.

"범옹, 이런 걸 만든 연유가 뭔가? 본래 집이란 것은 처마를 길게 늘여 볕을 가리고 낮게 만들어 집안의 바람길을 따라 통풍이 잘되도록 해야 사람이 살기 좋은 법일세."

한옥의 기본적인 건축 원리를 읊은 박팽년의 물음에 신숙주가 웃으며 답했다.

"그간 여러 나라를 다니며 배운 걸 내 나름대로 응용해 만들어본 것이네."

"저 탑은 회회교의 신을 섬기는 증표라도 되는 건가? 설마 자네……"

"그럴 리가 없잖나. 다른 사람도 아니고 그 누구보다 신이란 존재를 부정하는 내게 진심으로 묻는 건가?"

신숙주가 어이없는 웃음을 지으며 낄낄대자, 되레 무안해진 박팽년은 무마하려는 질문을 이어갔다.

"그럼 저 탑의 용도가 뭔지나 알려주게."

"구구절절이 설명하는 것보단 자네가 직접 느껴보는 게 빠르겠지. 따라오게나."

박팽년은 신숙주를 따라가며 탑과 이어진 별당을 관찰했다.

가장 먼저 눈에 띈 것은 흔히 보는 격자 살이 들어간 출입문이었지만, 뒷면엔 한지 대신 값비싼 유리가 달려 있었다.

그가 문 안쪽으로 들어간 후 눈에 띈 건 한지를 바른 갑창이나 개구 대신 유리를 사용한 창문들이었다.

박팽년은 몇 년 전 베네치아와 교역을 통해 처음 선보였던 고가의 색유리를 이용해 병풍의 일종처럼 사군자를 표현한 것에 내심 감탄했다.

색을 담은 유리들이 햇빛을 은은히 투과하며 전엔 볼 수 없었던 실내의 광경을 보여주고 있었던 것이다.

박팽년은 색유리를 아낌없이 사용한 신숙주의 씀씀이에 혀를 내둘렀고.

무더운 날씨에 밀폐된 별당 안이 찜통이나 다름없으리라 짐작했었지만, 그런 예상도 마저 빗나갔다.

"생각한 것만큼 덥진 않군. 조금 서늘한 느낌도 들고……. 이게 대체 무슨 조화인가."

"거기 누워보게."

신숙주가 손으로 가리킨 곳을 본 박팽년은 고개를 갸웃대며 답했다.

"저 평상 말인가?"

"평상이 아니라 내 여름 침상이네만. 아무튼, 거기 누워보게나."

평상에 누운 그는 유리창을 통해 비치는 색다른 풍취를 감상하며 대꾸했다.

"이렇게 누워서 풍광을 보라는 건가?"

"아니, 기다려 보면 알게 될 걸세."

박팽년은 침상에 누운 채, 신숙주에게 말을 이어가려 했다.

"대체 뭘 기다……."

때마침 박팽년의 말에 반응이라도 한 것처럼 생각지도 못했던 감각이 찾아왔다.

밀폐된 방 안에 서늘한 기운이 들어와 땀을 식혀준 것이었다.

"…대체 이 원리가 뭔가?"

"간단하네. 별당에 연결된 탑은 외부의 바람을 내부로 끌어들이기 위한 용도고, 바람이 통하는 길엔 시원한 물이 흘러서 냉기가 흐르게 만드는 거지."

"허, 이 정도면 부채 같은 건 아예 필요 없을 듯한데."

"그렇지. 안쪽을 이리 만든 건 서늘한 기운이 쉬이 빠져나가지 못하게 설계한 거고."

"하, 이런 못된 친구 같으니."

"갑자기 그게 무슨 소린가?"

"이런 걸 만들었으면 내게도 진즉에 알려줬어야 할 것 아닌가."

"내가 왜 그래야 하나?"

"어허, 여름 동안 이런 시원함을 모르고 지낸 게 억울할 지경인데, 친우 사이에 그러긴가?"

"아무리 친우 사이인들, 내가 힘들게 고안한 걸, 무상으로 알릴 생각 같은 건 없네."

마치 미래의 에어컨 바람에 중독된 이들처럼 박팽년은 아쉬움을 느끼며 말을 이어갔다.

"으음……. 그래도 어찌 안 되겠나?"

"내가 외지에 있는 동안, 청죽과 함께 지적재산권과 특허법을 입안한 게 자네 아니었던가?"

"설마… 자넨 이 별당의 구조를 특허로 낼 생각으로 만든 거였나?"

"그래."

"허, 그럼 대체 얼마를 생각……."

"그간 모아둔 돈으로 토목사를 차릴 생각인데, 그게 정식으로 설립되면 본격적으로 만들 생각이네."

"통천 최가처럼?"

"그렇네. 내 경우엔 그쪽과 다른 분야지만."

전직 사관학교장인 최윤덕은 스무 해 전쯤 은퇴한 옛 부하들과 함께 건축 회사를 차렸었다.

그들은 조선 전역을 돌아다니며 도로나 저수지, 보(洑) 같은 수리 시설을 건설해 많은 돈을 벌었다.

그들의 성과를 본 많은 이들이 후발 주자로 나섰고, 그 덕에 조선 삼남 지방에 도로가 원활하게 개설될 수 있기도 했었다.

요즘은 신규 도로 개설보단 보수가 주목적이었기에, 토목업의 상승 기세가 한풀 꺾였지만.

신숙주는 새로운 주택을 설계해 새로운 시장을 개척하려 한 것이었다.

박팽년은 침상에서 일어나 별당 안을 좀 더 자세히 살폈다.

유리창 양쪽엔 커튼과도 같은 장막이 달려 볕을 차단할 수도 있었고, 유리를 이용해 만든 초롱이 있어 어둠 속에서도 은은한 빛을 내게 한 것을 보곤 감탄했다.

"어떤가? 마음에 들었나?"

"마음 같아선 당장 우리 관사부터 이런 구조로 뜯어고치고 싶네."

"하긴……. 우리가 제일 많은 시간을 보내는 곳이 집이 아니니. 그래도 겨울을 생각하면 관사를 이리 만들 순 없네."

박팽년은 아쉬운 마음에 색유리 창을 보며 말을 이어갔다.

"하긴, 그렇겠군. 그럼 저걸 황궁에 사용하는 건 어떻겠나?"

"황궁이라……."

"황궁을 전면 개수하는 건 무리겠지만, 근정전이나 편전에만 놓아도 좋을 것 같은데, 하다못해 일월오봉도를 저걸로 만들면 정말이지……."

오봉병(五峯屛)이라고도 부르는 일월오봉도(日月五峯圖)는 용상 뒤편에 장식하는 병풍의 일종이고, 다섯 개의 산과 해와 달 그리고 몇몇 나무들이 그려 넣어져 있었다.

조선에선 군주를 상징하는 독자적인 의장품이니, 박팽년은 새로운 기물로 황실의 격을 높이고 싶은 마음이 들었던 것이다.

"내가 한번 청을 드려보지."

신숙주의 의견에 박팽년은 고개를 저었다.

"아닐세, 폐하께서 황궁에 손을 대신 건 군기감을 개축해서 이전했을 때 말곤 없으셨지 않은가. 먼저 허락을 구하면 윤허하지 않으실 게 분명하이."

"그럼 어쩌려고?"

"우리가 오봉병부터 만들어서 진상하는 방식으로 가는 게 어떻겠나? 나라가 커가면서 우리의 씀씀이는 커졌는데, 성상께선 여전히 검약하게 지내고 계시지 않은가."

박팽년의 말대로 사대부들의 씀씀이는 근 삼십 년 전과는 비교조차 할 수 없을 정도로 늘어난 상황이었다.

궁중에서 새로 개발한 음식이나 발명품, 혹은 사치품 같은 것들은 시식회나 시연회를 거쳐 관료들에게 먼저 선을 보이고 반응이 괜찮은 것들이 시중에 풀리는 방식이었지만.

정작 그것들을 고안한 장본인인 광무제는 새로운 것을 만드는 것 자체에 의의를 둘뿐, 본인은 사치라고 할 만한 취미를 갖지 않았다.

요 몇 년간 여러 방면의 서적들을 끝도 없이 집필하던 광무제는 심경의 변화로 인해 적당한 선에서 저작 활동을 마쳤다.

요즘은 대리청정 중인 태자의 업무를 가르치고 돕거나 몸을 단련하는 것이 주된 일상이었다.

가끔 이현이란 필명으로 색다른 형식의 소설을 집필하는 것 외엔, 가족들과 시간을 보내고 있을 뿐이었다.

도승지라는 직책 덕에 상선 다음으로 광무제와 가장 많은 시간을 보내는 박팽년은 특별한 선물을 바치고 싶은 마음이 든 것이었다.

"그럼 일단 유리부터 새로 만들게 해야겠군."

신숙주의 말에 박팽년은 놀라며 반문했다.

"뭐? 그럼 저게 배내국에서 수입한 유리가 아니고 자네가 만들게 한 거였나?"

"설마 저걸 베네치아산 색유리로 착각한 건가? 거기서 우리에게 필요한 유리를 주문 제작 하고 운송까지 하려면 내 몇 년 치 녹봉을 갖다 바쳐도 모자라. 시간도 한참 걸리고."

"그럼 저걸 어찌 만든 건가?"

"유리에 색을 넣은 건 폐하의 저작을 참고한 화학자의 성과고, 그걸 이용해 그림처럼 만든 건 베네치아 출신 젠틸레에게 들었던 성당의 이야길 참고한 거네."

"허어… 도승지인 내가 모르는 기술도 있었다니, 놀랄 노 자로군."

"요즘은 자고 일어나면 새로운 뭔가가 나오는 시기가 아닌가."

신숙주의 말대로 광무제가 집필한 이론 서적들이 여러 방면에 퍼지자, 기술 발전이 서서히 가속해 가고 있었고.

대한포(大汗砲)라고 명명된 초대형 화포를 제작해 황궁 한편에 고이 장식해 두었던 장영실과 우르반은 광무제의 서적을 참고해 송나라의 내연기관을 재현해 보려 노력 중이기도 했다.

서적에 언급된 기물이 송나라의 것이라고 적혀 있긴 했지만, 사실은 광무제가 증기기관을 참고해 설계한 것이었으며 우르반과 장영실은 그것을 보자마자 홀린 듯이 그것을 구현해 보려 머리를 싸매고 있었지만, 압력을 버틸 강철과 용접 기술이 확보되지 못해 선행 기술부터 해결하려 노력 중이었다.

뜻을 모은 박팽년과 신숙주는 다음 날부터 유리로 만들 오봉병을 설계했고.

가을이 시작될 무렵, 악덕 관료들의 닦달 끝에 유리 장인들의 땀과 눈물이 섞인 노력으로 일월오봉도가 완성되었다.

그것을 본 박팽년은 언제나 친숙하게 접하던 오봉도의 모습이 이리도 달라 보일 수 있는가 하고 감탄했고.

신숙주 역시 완성품을 보곤 흡족해했지만, 정작 그것을 사용할 주인은 다른 마음을 품고 있었음을 아직 모르고 있었다.

*　　　　*　　　　*

추수가 한창일 1468년의 가을, 지금 내 앞엔 영의정 황보인과 좌의정 김종서, 그리고 우의정인 정인지마저 사직서를 제출했다.

"폐하, 부디 통촉하여 주시옵소서."

"춘추좌전에 이르길, 제구포신(除舊布新)이라 하여 묵은 것은 떨치고 새로운 것을 펼치라 했사옵니다."

"그렇사옵니다. 사흘 전 혜성이 나타나고 괴이한 일이 일어났으니, 제구포신의 고사를 행하기 좋은 시기라 사료되옵니다."

삼정승은 지금 사흘 전 혜성이 나타난 직후 굉음과 함께 땅이 울리고 천둥·번개와 비가 내린 것을 두고 고사까지 운운하며 한날한시에 사직을 청한 것이다.

"혜성이 처음 나타난 것도 아닌데, 대감은 그게 적절한 사유라 생각하는가?"

"아뢰옵기 송구하오나, 소신이 감히 어심을 짐작건대 폐하께서 태상황의 전례를 따라가시려 한다 사료되옵니다. 그러니 신도 함께 물러나는 것이 옳다고 여겨지옵니다."

난 현재 홍위에게 군무와 인사를 제외한 대부분의 공무를 맡기고 소일거리나 하고 지내던 차였고.

그런 내가 예전의 아버지처럼 선황의 능묘들을 참배하는 능행차 준비를 시작하자, 저들은 내가 선위하고 상황으로 물러 나리라 짐작한 듯하다.

날카로운 늙은이들 같으니라고. 아주 정확하게 내 마음을 읽었다.

정확히는 능행차뿐만 아니라 그리운 아버지를 만나러 갈 예정이기도 하다.

"지봉의 말이 지당하옵니다. 일전에 서역에서 들어온 경전을 보니 새 술은 새 부대에 담으라는 구절이 있었는데, 이야말로 작금의 사정과 가장 잘 어울리는 말이 아닌가 싶습니다."

아, 그러니까 그 말은 김종서가 서역에서 흘러 들어온 성경을 번역해서 읽었단 건가? 게다가 그걸 인용해서 사직을 청하는 용도로 쓰다니…….

황망한 내 표정이 읽혔는지, 김종서는 고개를 숙이며 답했다.

"폐하, 소신은 결코 경교에 심취한 것은 아니옵니다."

"정녕 그러한가?"

"예, 살래를 통해 서역과 교류가 활발히 이루어지고 있으니, 그들을 이해해 보고자 서역 사상의 근간이란 복음서를 구해 읽어본 것뿐이옵니다."

김종서의 대답을 들어보니, 새삼 많은 것이 달라졌다는 게 느껴졌다.

그건 그렇고… 황보인도 여든 중반에 가까운 나이긴 하지만, 재작년에 백세를 넘긴 것도 모자라 천수와 부를 누리고 떠난 전임 영의정 황희에 비하면 정정하다.

나이만 따지면 좌의정 김종서가 황보인보다 네 살인가 더 많지.

내가 잠시 침묵하며 고민을 이어가자, 내 눈치를 살피던 세 정승은 말없이 고개를 숙였고.

약 10여 분 만에 내 대답이 떨어졌다.

"좋소, 두 대감의 사직을 받아들이리다."

"그것이 참말이시옵니까?"

"황은이 망극하옵니다!"

김종서와 황보인이 기뻐하고 있을 무렵, 정인지가 뒤늦게나마 내 말을 제대로 인지했는지 다급하게 외쳤다.

"폐하! 설마… 신의 사직은 반려하시는 겁니까?"

"그렇소. 가뜩이나 두 정승이 한꺼번에 자리를 비우게 되었는데, 대감마저 그만두면 나라가 어찌 돌아가겠소?"

"하오나… 신도 이젠 나이가……."

"그래, 우상 대감의 나이를 볼 때, 이젠 적당한 시기가 되었다고 생각하네."

"예? 그게 무슨 말씀이신지……."

"정 대감, 영의정으로 영전을 감축드리오."

"이제부터 영상 대감으로 불러 드려야겠소."

황보인과 김종서가 내 마음을 읽었는지 한발 앞서서 정인지에게 축하의 인사를 건넸고, 얼떨결에 진급한 당사자는 황급하게 고개를 숙이며 외쳤다.

"폐하! 부디 통촉하여 주시옵소서!"

"이런 경사스러운 날에 통촉이라니, 말이 너무 심한 거 아니오?"

믿고 있던 황보인의 말에 정인지는 당황한 감정보단 화마저 난 듯했고, 그에게 따지듯 말했다.

"대감께서 어찌 제게 이러실 수 있습니까? 우리가 임명된 날은 달라도 한날한시에……."

"어허, 여기가 어느 안전이라고 그런 이야길 하려는 건가? 부디 체통을 지키시게."

"지봉 대감의 말이 맞소이다. 영상 대감, 체통을 지키시오."

언제나 근엄했던 김종서마저 맞장구를 치며 거들자, 정인지는 새된 소리로 외쳤다.

"좌상 대감마저 정녕 이러실 겁니까?"

세 명의 대화를 듣자 하니, 현직 삼정승은 임명된 날은 달라도 한날한시에 사직하자는 사직 결의라도 했었나 보다.

그런데, 결정적인 순간에 두 형이 결의형제 중 막내를 배신한 거나 다름없네.

난 새어 나오려는 웃음을 참으며, 간신히 말을 이어갔다.

"이제 공석이 된 좌상과 우상의 자리는 전임자인 두 대감의 추천을 고려해 선출하라 태자에게 이르겠소."

정인지는 원역사에서 여든을 훌쩍 넘겨 장수한 데다, 수양 그놈 밑에서 영의정도 지냈으니 이 부분만 묘하게 역사의 흐름 그대로 가게 되었네.

"하오나, 폐하. 신은⋯⋯."

"만에 하나, 내가 그대의 사직을 허한다 해도 심양에서 그댈 가만히 두겠는가?"

게다가 그는 본래 아버지의 친우나 다름없는 총신이었으니, 내가 사직을 허락하는 순간 아버지의 부름을 받게 되었을 거다.

사실 난 지금 정인지의 남은 삶을 구원해 준 거나 다름없는 결정을 내린 거지.

"소신 정인지가 삼가 성상의 명을 받들겠습니다."

정인지는 아버지에 대한 공포를 떠올렸는지 체념한 듯 고개를 숙이며 새로운 직책을 받아들였다.

사직 결의가 깨진 삼정승 중 두 명만 희희낙락하며 천추전에서 물러나자, 난 김처선을 불러 물었다.

"상선, 능행차 준비는 잘되어가고 있나?"

"예, 조만간 길을 나설 수 있을 겁니다."

"그런가, 이 천추전도 조만간 태자에게 물려주게 되겠구나."

"폐하, 신이 부디 폐하를 호종하도록 윤허해 주시옵소서."

"아니다. 내가 가야 할 길은 멀고, 상선은 이제부터 태자를 보필해야지."

"하지만… 소신은……."

"상선, 그동안 나를 살피느라 고생이 많았네. 앞으로도 태자를 많이 도와주게나."

"삼가 소신이 성상의 명을 받들겠습니다."

김처선이 고개를 숙이며 물러나자, 나는 오랜 시간 동안 내 흔적이 남아 있는 천추전의 풍경을 바라보았다.

달라지지 않은 역사 속의 나는 이곳에서 종기에 시달리다 죽음을 맞이했다고 한다.

하지만, 확연히 달라진 흐름 속에선 나도 건재하고 부모님 또한 정정하시다.

믿었던 숙부에게 목숨을 잃어야만 했던 내 아들도 장성해 내 뒤를 이을 당당한 사내가 되었다.

며칠 전 이야길 나누어보니, 홍위는 내가 물려준 기반에 안주하지 않고 더 번성하는 나라를 만들겠다는 의지를 품고 있었다.

그래, 이제부턴 내 자랑스러운 아들이 써 내려 나갈 행적이 궁금해진다.

아마 아버지도 이런 심정으로 물러나셨었겠지?

나도 이젠 앞으로 아버지처럼 먼 곳에서나마 아들을 도우며 지내게 되겠지만.

이제부터 내가 할 일을 생각하면, 내 은퇴는 끝이 아니라 새로운 시작에 불과하다.

*　　　　　*　　　　　*

삼정승 중 두 명이 사직하고 새로운 영의정으로 정인지가 임명되자, 조정 내에서도 본격적인 인사이동이 시작되었다.

예조판서 신숙주가 김종서의 뒤를 이어 좌의정이 되었고, 그의 자리는 김질이 채웠다.

예조참판엔 서거정이 올랐으며 참의의 자리엔 김시습이 승진했다.

또한 홍문관 대제학이었던 유성원이 모두의 예상을 제치고 우의정으로 승진했고, 도승지였던 박팽년은 이조판서 자리에 올랐다.

한성부의 총책임자로 치안을 담당했던 김문기는 형조판서로 승진했다.

정승의 경우엔 전임자와 후임자의 나이 차이가 아비와 자식만큼이나 나기에 나름대로 파격적인 인사였지만.

관료 대부분은 그들의 능력을 인정하는 한편, 이른 나이에 정승에 오른 만큼 황희처럼 오랜 기간을 그 자리를 지키리라 생각하며 안도하기도 했다.

한편, 금군인 가별초와 내금위 그리고 겸사복의 책임자들도 인사이동이 이뤄졌다.

오랜 시간 동안 광무제의 곁을 지켜온 내금위장 김수연과 가별장 이브라이가 직책을 반납하고 능행차에 따라 나서기로 한 것이다.

겸사복장이었던 이시애가 새 내금위장으로 임명되었고, 가별초 1기 중 가장 나이가 어렸던 동청주가 새 가별장 자리에 올랐다.

새 겸사복장은 파격적으로 태자의 최측근이자, 해사제독 최광손의 아들인 최계한이 맡게 되었다.

초대 가별장 이브라이가 은퇴하자, 가별초 1기 중 절반가량은 고향으로 돌아가길 희망했고.

그들은 광무제의 허락하에 고향으로 돌아가 부친의 직책을 이어받게 되었다.

여든이 넘은 노신인 농조판서 이천은 광무제가 태자에게 선위하려는 틈을 타 사직에 성공했고.

그가 성공하자 비슷한 연령대의 노신들마저 사직해 기쁨의 눈물을 흘렸다.

그래 봐야 총 사직 인원은 10여 명이 채 안 되었기도 하다.

인사가 정리되자, 광무제는 태상황 세종이 했던 것처럼 문무백관이 모인 앞에서 태자 이홍위에게 선위를 선언했고.

광무제와 함께 수많은 시간을 보냈던 백관들은 만감이 교차하는 눈물을 흘리며, 그들의 새 황제이자 대칸의 즉위를 받아들였다.

상황으로 물러난 광무제가 황후와 후궁들을 포함한 일행을 이끌고 태조의 능으로 떠나자, 조선은 새로운 시대를 맞이하게 되었다.

                    *   *   *

조선의 세대 교체가 이루어진 사실이 조공국을 비롯한 여러 나라에 알려지자, 각자 사신단이 결성되어 조선행 여정을 시작했다.

남명을 제외하고 조선과 관계를 맺은 동방의 나라들은 모두 사신을 보냈고.

유럽에서도 헝가리·왈라키아와 알바니아같이 전쟁으로 엮였던 나라나 로마나 베네치아처럼 무역으로 관계를 맺고 있던 십여 개의 국가에서도 실크로드를 통해 사신단을 출발시켰다.

한편, 그런 소식은 전혀 모르고 있던 원정 함대는 인광석의 새로운 산지를 찾아 남방 해역을 탐험하고 있었다.

"허, 여긴 대체 뭐 하는 곳이길래 사람은 코빼기조차 안 뵈고, 숲하고 들개밖에 없냐."

마자파힛(인도네시아)의 동쪽 섬 이리안(뉴기니)에서 남하하다 숲이 보이는 해안선에 정박한 최광손이 푸념했다.

"개가 있으니, 사람도 있지 않겠습니까?"

야영 준비를 하던 광무함의 선임 수병인 신노스케가 대꾸하자, 최광손은 무릎을 어루만지며 답했다.

"그럴 수도 있는데, 여긴 영 뭔가……. 아무튼, 무릎이 시큰대는 걸 보니 조만간 비라도 오겠어."

"제독 대감, 그렇게 말씀하시는 건 너무 노티 나지 않습니까."

"신노야, 네가 잊고 있나 본데, 나도 몇 살만 더 먹으면 환갑이란다."

"헤에, 누가 대감을 그런 나이로 보겠습니까? 그리고 수병이나 무관 중에서도 대감의 상대가 될 만한 이도 아직 없잖습니까."

신노스케의 말에 최광손은 푸념하듯 바닥에 주저앉으며 말을 이어갔다.

"허, 옛날 같았으면 나도 집에 틀어박혀 손자 재롱이나 볼 나이인데……. 아직도 이러고 있구나."

최광손의 아버지인 최윤덕도 그의 나이대에 북방을 개척하는 동시에 이만주 토벌전에 나섰었으니, 그의 말은 어폐가 있었다.

"그러고 보니, 대감의 자제도 겸사복에서 태자 전하를 모신다고 하지 않았습니까?"

"그래, 마지막으로 들은 소식이 나 없이 혼례를 치렀다는 이야기였지."

자조적으로 이야기하는 최광손에게 신노스케는 멋쩍어하며 답했다.

"허……. 그것참 소관이 뭐라고 해야 할지. 송구합니다. 괜한 이야기를 했군요."

그러나 최광손은 자랑스러운 어투로 말을 이어갔다.

"폐하께서 나 대신 혼주의 자리를 지켜주셨다니 다행이었지."

"…그게 정말입니까? 아무리 그래도 그건 좀……. 다른 형제분들은 어쩌고 폐하께서 거기에 가신단 말씀입니까?"

신노스케는 노골적으로 불신의 눈길을 보냈고, 최광손은 그런 하급자에게 자랑하듯 이야기했다.

"다들 나처럼 외지에 있으니 그러지. 신노야, 나랑 폐하가 그렇게 가까운 사이라고 누누이 이야기했건만, 아직도 그걸 못 믿어?"

"…소관은 상상이 잘 안 가서 그렇습니다."

"내가 인마, 젊을 적에 폐하고 전장에서 밥도 먹고, 같이 이적 놈들도 때려잡고! 뭐, 아무튼 다 했어."

"그렇습니까……."

"아무튼, 여긴 며칠만 더 돌아보고, 별거 없으면 광무함으로 돌아가자고."

"예, 다른 수병들에게도 그리 전하겠습니다."

최광손은 장난처럼 이야기하긴 했지만, 그의 푸념 중 일부는 진심이기도 했다.

그는 서역 항로에 이어 남방과 신대륙으로 이어지는 항로까지 개척한 공적을 세웠지만.

그만큼 가족과 떨어져 지낸 시간이 길었고, 황희와 비슷한 시기에 세상을 떠난 아버지의 부고 소식도 기항지에서 들어야 했었다.

최광손은 부고를 듣고도 아흔이 넘은 아버지가 잠자리에서 편히 가셨으니 다행이라고 말하며 평소처럼 행동했고, 흔한 눈물조차 보이지 않았다.

그랬던 그는 이름 모를 무인도에 식수를 보급한단 명목으로 상륙했고.

외딴곳에 홀로 틀어박혀 아버지와의 추억을 떠올리며 사흘 동안 목 놓아 울었다.

고참 수병들은 그런 제독의 사정을 알면서도 모른 척했고, 사흘 후 홀연히 나타난 제독을 길을 잃었던 것 아니냐고 타박하며 맞이했다.

최광손은 광무함과 원정 함대의 선원들을 또 다른 가족으로 여기며 형제처럼 지내긴 했지만.

어린 시절을 궁에서 보내게 한 아들의 결혼마저 불참한 것은 여전히 가슴 아픈 일이었고.

게다가 그가 가족과 친구처럼 여기던 이들도 하나둘씩 사라지던 참이기도 했다.

최광손은 이번에야말로 본국으로 돌아가는 즉시 배에서 내리겠다고 다짐하며 잠이 들었다.

그러나 한밤중에 소란을 듣고 잠에서 깨어났다.

"뭐야! 습격이라도 받은 거냐?"

평복에 흉갑만 걸쳐 입은 채 다급하게 천막 밖으로 뛰쳐나온 최광손의 눈앞엔 생전 처음 보는 짐승이 서 있었다.

얼핏 보면 사슴을 닮은 듯하나, 사람처럼 두 발로 일어서 있는 짐승은 사슴과는 인상이 완전히 다르다고 할 수 있었다.

심지어 웬만한 장정들보다 커다란 신장을 자랑하는 짐승은 최광손의 전성기 때만큼이나 대단한 근육질의 몸매를 자랑하고 있었다.

최광손은 느닷없이 나타난 짐승에게 호응하듯 자세를 잡았지만, 상대는 거만한 눈길로 자신을 깔아보고 있었다.

최광손은 자기도 모르게 호승심에 불이 붙었고, 한때 직속 상관이었던 이징옥이 호랑이와 맨손으로 싸웠었다는 일화를 떠올리며 곧바로 주먹을 날렸다.

'이걸 버틴다고?'

사슴을 닮긴 했으나 토끼처럼 긴 귀를 가진 짐승은 귀를 까닥대며 천천히 고개를 돌려 최광손을 바라보았고.

뒤이어 최광손이 전혀 예상하지 못한 공격이 날아왔다.

"우왓!"

최광손은 본능적으로 짐승의 공격을 피했지만, 그게 발차기일 거라곤 생각하지 못했었다.

기다란 발톱을 가진 앞발로 할퀴어 오리라 생각했었던 예상과 다르게 길고 두꺼운 꼬리로 땅을 디딘 채 양발로 앞차기를 펼친 것이었다.

"제독 대감!"

야영지 일대에 산발적인 총소리가 울려 퍼지는 와중에 신노스케가 수병들을 이끌고 그를 도우러 왔지만.

최광손은 손짓으로 그들을 제지하곤, 무관의 제식 무술 중 하나인 권투술의 자세를 잡았다.

정체불명의 생물은 크게 뛰어 앞발로 최광손을 붙잡으려 했지만, 그는 유연하게 발을 놀려 피했고 동시에 관자놀이 부근에 주먹을 꽂아 넣었다.

'이것도 버틴다고? 과연 맹수답구나.'

이때 어떤 수병이 총을 들어 최광손의 상대를 겨누려 했지만, 신노스케가 조용히 말했다.

"즐기시게 둬."

"진심입니까?"

"넌 최근에 대감이 저리도 생기 넘치는 모습을 본 적 있냐?"

"언제나 한결같으신 분 아닙니까."

"하긴… 네가 뭘 알겠냐. 아무튼 대감께서 위험하실 것 같을 때 개입하고 지금은 지켜봐."

"예, 알겠습니다."

최광손은 신노스케의 배려 덕에 방해받지 않은 채 격투를 이어갔고.

고개를 숙여 공격을 피하다 목을 잡히고 말았다.

발차기처럼 전혀 예상치 못한 목조르기 공격에 당한 최광손은 한때 입에 단내가 나도록 연습했던 갑주술의 대처법을 이용해 손을 목 쪽으로 집어넣어 경동맥을 보호했고.

곧바로 남은 한 손을 위로 뻗어 상대의 눈 부근을 손가락으로 긁었다.

"갸아아악!"

갑작스레 눈을 공격당한 짐승은 사람과 비슷한 괴성을 지르며 최광손을 풀어주었고.

화가 많이 난 듯 근육질의 앞발을 마구 휘둘러 대며 최광손을 공격했다.

최광손은 최선을 다해 피하긴 했지만, 모든 공격을 흘려낼 순 없었다.

최광손은 팔뚝이 발톱에 할퀴어져 피를 흘리는 것에도 아랑곳하지 않고, 흥분한 짐승의 돌진을 역이용해 쓰러뜨린 다음 쓰러진 상대에게 주먹질을 퍼부었다.

"우오오오!"

인간에게 맨몸으로 패배해 쓰러진 짐승은 가쁜 숨을 내쉬며 눈을 껌뻑였고, 승자는 환희의 포효를 질렀다.

최광손이 격투에서 승리했을 무렵, 원정대의 야영지에 침입했던 짐승 떼도 전부 격퇴당했고 수병 대다수는 만약의 사태에 대비하며 최광손의 결투를 지켜보고 있었다.

"대감, 이놈의 숨통을 끊겠습니다."

고래잡이 출신의 수병 야마다가 쓰러져 있는 짐승에게 총을 겨누며 말하자, 승리의 여운에 젖어 있던 최광손이 답했다.

"아니다."

"예? 그래도 감히 미물 주제에 대감을 노렸는데, 어찌 그냥 둘 수 있겠습니까."

"그래도 그냥 내버려 둬."

"예, 알겠습니다."

백경과는 경우가 다르긴 하지만, 최광손은 사투를 벌이며 자기도 모르게 우정 비슷한 감정을 느꼈던 것이다.

"네가 살던 곳으로 돌아가거라."

하지만, 그의 말과는 다르게 짐승은 되레 최광손에게 가까이 다가섰다.

"위험합니다, 대감!"

질겁한 수병들이 일제히 총을 겨눠 올리자, 최광손은 손을 들어 올리며 제지했고.

뒤이어 두 발로 일어서며 머리를 내민 짐승에게 조용히 손을 얹었다.

위험했던 맹수는 눈을 감으며 최광손의 손길을 받아들였고, 긴장했던 선원들은 감탄하며 총구를 내렸다.

"제독 대감, 혹시 그 녀석을 데려가실 겁니까?"

신노스케의 물음에 최광손은 흡족해하며 답했다.

"뭐, 이 녀석이 하는 거 봐서."

"아무튼, 다행입니다."

"그래, 이겨서 다행이지."

"아니요. 대감께서 의욕을 되찾으신 것 같아서 그렇단 말씀입니다."

"…알고 있었냐?"

"첨사 영감이 광무함에서 내린 것처럼. 대감께서도 그럴 것으로 보였습니다."

최광손의 친우이자 부관이었던 왕충은 조선의 직할령이 된 아즈텍을 다스리기 위해 그곳에 남았고.

광무함의 선임 무관이던 박장석은 북미의 크리족에게 협조해 원주민 왕국을 만드는 전쟁에 개입 중이었다.

게다가 최광손이 나름대로 귀여워하던 막내는 행방불명이 되었다가 일국의 왕이 되어 나타났다.

그들뿐만 아니라 수많은 이들이 여러 이유로 은퇴하거나 배에서 내렸으니, 최광손은 점점 자신의 안식처이자 또 다른 집이라 생각했던 곳에서마저 애착을 잃어간 것이었다.

"후, 내가 너희들을 두고 어딜 가겠냐. 걱정하지 마라. 그리고……"

최광손은 한숨을 내쉬며 복잡했던 마음을 정리한 후, 다시 말을 이어갔다.

"이 세상엔 아직도 내가 보지 못한 것들이 많아."

"그렇지요. 서역 항로를 개척할 때도 아대륙(아프리카)은 가 보지 못했잖습니까."

"듣고 보니 그렇구나. 거기도 언젠가 가봐야지."

"계속 현역으로 남으실 겁니까?"

"그래, 어차피 내가 사직하고 싶다고 마음대로 되겠냐. 폐하께서 윤허를 해주셔야지."

"그럼 뭐 사실상 평생 현역으로 확정된 거나 다름없네요."

"신노야, 악담도 정도껏 해라."

최광손이 신노스케와 격의 없이 이야기를 주고받으며 의원에게 치료를 받을 무렵.

야마다를 비롯한 수병들이 정체불명의 짐승에게 목줄을 채우려 접근했지만.

대상이 심하게 몸부림을 치며 반항했기에 그들의 시도는 실패로 끝나고 말았다.

"야마야, 저 녀석이 개도 아닌데, 왜 줄을 채우려고 하냐."

"대감, 이놈들의 공격성은 이미 보셨잖습니까? 이게 대감에게 복종의 의사를 보였다고 해도 위험합니다."

"으음……. 그런가. 아무튼, 내가 곁에 두고 볼 테니 줄은 채우지 마."

"알겠습니다."

기본적인 소독을 비롯해 발톱에 할퀴어진 상처를 봉합하는 치료를 마친 최광손은 새 친구에게 다가가 우람한 상체를 지켜보았고.

내심 자신의 옛 모습을 떠올리며 운동에 대한 욕구를 느껴야 했다.

"으음…… 넌 털이 불그스름하고 사슴을 조금 닮았으니까, 적록이라고 부르면 되려나?"

"사슴을 닮았어도 하는 짓은 영락없는 맹수인데요. 그나저나 이것들 먹을 순 있을까요?"

신노스케가 사살한 적록의 동족들을 한데 모아놓은 광경을 보며 묻자, 최광손이 답했다.

"말 나온 김에 네가 먼저 먹어보면 되겠네."

"…알겠습니다."

"대신 우리 적록이 보는 앞에선 먹지 말고."

"……"

신노스케는 졸지에 최측근의 자리를 빼앗긴 것 같은 기분을 느끼며 수병들을 모아 해체 작업을 시작했다.

도축에 조예가 깊었던 백정 출신의 수병은 나름대로 솜씨를 발휘해 세심하게 부위를 나누었고.

소금을 뿌려 구운 고기는 수병들의 호평을 받아 인기 있는 음식이 되었다.

사흘 동안 내리던 비가 그친 다음, 야영지를 나서 근방의 숲을 돌아보던 탐험대는 마침내 사람들을 발견했고.

최광손이 나서서 새까만 피부를 가졌지만, 머리카락 색이 다양한 원주민들과 대화를 시도했다.

그중엔 다행히도 마자파힛 근방 섬 주민들의 쓰는 말을 알아듣는 사내가 있어서 순조롭게 대화가 진행되었다.

"아하, 그대들은 북쪽의 섬에서 온 이들하고 지속적인 교류를 하고 있었던 건가?"

"그렇다."

"그들은 왜 내려오는데?"

"우리 바다 인근에 사는 것들을 잡으려고."

"그렇군. 그럼 그대들의 명칭은 뭐라고 하나?"

"파마."

"그럼 파마와 말이 통하는 일족의 수는 얼마나 되지?"

"나도 잘 모른다. 선조께서 남쪽에 살고 있다는 일족을 이야기하신 적이 있지만, 교류한 적은 없다."

"그들의 명칭은?"

"늉아."

"그럼 늉아가 산다는 남쪽이 여기서 얼마나 떨어져 있나?"

"걸어갈 수 없다고 했다."

"대체 얼마나 멀길래?"

"나도 들었던 이야기라 잘 몰라."

최광손은 파마족의 사내와 이야길 나누곤 원정대가 상륙했던 땅이 생각 이상으로 넓다는 것을 알게 되었다.

그리고 적록이라고 이름 붙여주었던 새 친구의 통칭이 근처의 토속어로 강구루라는 것을 알게 되었다.

이것은 조선의 탐험대가 공식적으로 호주 대륙의 존재를 알게 된 순간이기도 했다.

*   *   *

원정 함대를 이끄는 최광손은 호주 대륙의 해안선을 탐험하며 남하했고, 그곳에서 능아라고 자칭하는 부족들과 접촉할 수 있었다.

이후로 호주 남동쪽 해안 탐험을 마치고 본국으로 귀환하는 광무함엔 최광손의 새 친구이자, 충직한 수하가 된 캥거루 적록이 함께했다.

"아이고, 우리 적록이 배가 많이 고팠나 보네."

웬만한 장정보다 거대한 데다 우람한 근육질의 짐승이 마치 강아지처럼 꼬리를 흔들며 주인에게 먹을 것을 요구하고 있었다.

강아지와 다른 점이 있다면 캥거루의 꼬리질은 사람이 맞아 다칠 수도 있다는 점이지만, 최광손에겐 그런 행동조차 귀엽게 보이는 것이 문제였다.

"자, 네가 좋아하는 홍당무다."

적록은 얼마 전 중간 기항지인 자와(자바)섬에서 처음 맛본 서역산 당근에 중독되다시피 하여 최광손의 충실한 애완동물이 되었고, 선상에서 문제를 일으키고 있기도 했다.

"제독 대감."

"왜?"

당근을 거침없이 씹어 먹는 적록을 흐뭇하게 바라보던 최광손에게 선임 수병 신노스케가 이야길 시작했다.

"그 짐승을 대감께서 아끼시는 건 알지만, 갑판에 자유롭게 풀어놓는 건 문제가 좀 있습니다."

"어째서?"

"솔직히 말씀드리자면, 저놈은 대감 말고 다른 이들을 자기 하인쯤으로 생각하는지, 대감의 눈 밖에선 안하무인으로 행동합니다."

"어떻게 굴길래 그래?"

"수병들이 갑판 청소를 하는 와중에도 한가롭게 누워서 방해하고, 비키라고 소리치면 오만하게 쳐다보질 않나 시도 때도 없이 먹을 걸 달라고 짖는 것인지 우는 것인지 모를 기분 나쁜 소리를 내기도 하고…… 가끔은 사람들을 위협하듯 굽니다. 그래서 다들 적록을 좋게 보지 않습니다."

"허, 그 정도야?"

"예, 솔직히 소관도 깔아 보는 눈초리를 받을 때마다 기분이 좋지 않은데, 여러 무관 나리들이나 수병들은 어떻겠습니까."

"으음……. 내가 적록이를 너무 오냐오냐했던 건가."

"솔직히 말씀드리자면, 대감의 눈엔 저놈이 귀여워 보일지 몰라도 소관이 보기엔 좀⋯⋯."

마침 식사를 마친 적록은 터질 듯한 상반신의 근육을 과시하는 듯한 자세를 취하면서 주인에게 자기 나름의 애교를 보였고, 그런 모습에 신노스케는 질겁하는 표정을 지었다.

"저것 보십시오. 세상에 어떤 짐승이 주인 앞에서 근육을 과시한답니까?"

최광손은 신노스케의 말에 시무룩한 표정을 지으며 답했다.

"저건, 요즘 내가 단련 후에 짓는 자세를 따라 하는 건데⋯⋯. 솔직히 좀 귀엽지 않냐?"

"대감의 취향은 정말⋯ 소관이 이해하기 힘들군요. 아무튼, 대감께서 적록의 버릇을 고치기 전까진, 저놈의 동족들과 함께 선창에서 지내게 하심이 옳다 여겨집니다."

신노스케의 말대로 최광손은 번식을 위해 적록과 동족인 붉은 캥거루 몇 쌍을 생포해 왔고.

그들은 적록과 달리 얌전한 데다, 배 주머니에 새끼를 넣어 애지중지 키우는 모습에 반한 선원들에게도 인기가 좋았다.

"알겠어. 내가 타일러 보고 정 안 되면 우리로 보낼게."

"예."

"적록아, 대체 평소 행실을 어떻게 하고 다니길래 그러니?"

최광손의 물음에 배가 불러 기분이 좋은 적록은 특유의 소리로 울부짖었다.

"꺄—아—오오옷!"

마치 늙은 사내가 술주정을 부리는 듯한 목쉰 소리에 최광손은 한숨을 쉬었다.

"하, 아직 갈 길이 먼데, 골치 아프네."

최광손은 선원 중에서 개를 비롯해 가축을 많이 키워봤다는 이를 찾아 조언을 얻었고.

졸지에 조선 최초의 캥거루 사육사 겸 조련사 노릇을 해야 했다.

최광손은 항해 도중 수많은 시행착오를 겪어가며 적록을 훈육했고, 때로는 승무원들에게 위협적인 행동을 보이면 물리적인 수단까지 동원해야 했다.

그런 최광손의 필사적인 노력이 통했는지, 적록은 자신의 서열을 재정립하며 얌전해졌고, 무관이나 수병들에게도 멋대로 구는 일이 줄어들었다.

말과 캥거루들의 먹이로 기항지에서 실었던 당근과 풀이 전부 시들시들해질 무렵, 최광손은 오랜 친구인 다두왕 바타안의 영지 대만에 도착했다.

"광손, 그 짐승은 대체 뭔가?"

바타안은 생전 처음 보는 근육질의 짐승에게 홀리듯 시선을 빼앗기며 질문했고, 최광손은 자랑스럽게 답했다.

"새로 발견한 땅에서 데려온 녀석이지. 적록아, 내 친우에게 인사부터 해라."

최광손은 당근을 미끼로 삼아 사람이 절을 하듯 엎드리는 자세를 교육했고, 당근의 단맛에 중독된 캥거루는 주인에게 길들여져 특정한 손짓만으로도 약속된 자세를 취하게 되었다.

"허어, 미물이 절도 할 줄 안다니. 정말 신통하네."

"미물이라니, 이래 봬도 나하고 생사를 다툰 사이인데. 되레 영물에 가깝지."

"그게 무슨 말인가?"

최광손은 호주에서 적록과 결투를 벌였던 사실을 자랑하듯 늘어놓았고, 앞 발톱에 긁힌 흉터를 보여주기도 했다.

"혹시, 나도 한 마리 얻을 수 있겠나?"

바타안이 캥거루에 호감을 느끼며 요청하자, 최광손은 침음을 흘리며 고민했다.

"으음……."

"자네하고 나 사이에 그러긴가?"

"그동안 자네가 내게 선물로 뜯어 간 것만 해도 몇 대가 놀고먹을 만한 재물인 것 같은데."

"아이고, 우리 해사제독 대감께서 바라시는 것이라도 있으십니까?"

"아무튼, 자네가 내게 성의를 보이는 걸 봐서 결정하지."

"그냥 술이 먹고 싶다고 말하면 될 걸 가지고, 유난 떨긴."

다두 왕국에 파견 중인 조선의 관료들도 연회장에서 최광손이 데려온 캥거루가 자신들에게 절을 하는 모습을 보곤 신기해하며 군자의 예를 아는 짐승이라며 탐을 냈고.

최광손은 어떻게든 캥거루를 얻어보려는 관료들의 무수한 요청과 더불어 술잔을 받아야 했다.

최광손은 바타안에게 선물로 줄 한 쌍을 제외하곤 황실과 광무제에게 바쳐야 한다고 정중하게 거절했지만.

얼마 전 광무제가 상황으로 물러났다는 소식을 뒤늦게 듣고 극심한 충격을 받아야 했다.

*　　　　*　　　　*

난 능행차의 여정이 개성의 후릉(厚陵)을 마지막으로 끝나자, 곧바로 본래 목적지였던 심양으로 향했다.

길면 길고 짧다면 짧을 수 있는 두 달간의 여정 끝에 아버지가 계신 심양에 도착했고.

내 기억 속의 심양보다 더 번화한 모습에 조금은 생경함을 느끼며 이동할 무렵, 영접을 나온 이들과 마주하게 되었다.

날 마중 나온 조카 오산군 이주는 피로에 찌든 모습으로 우리 일행을 인솔해 태상황부로 안내했고, 행차에 따라나선 가족들과 함께 아버지와 재회할 수 있었다.

"아바마마, 불초 소자 향이 문후 여쭙나이다. 기체후 일향 만강하셨사옵니까?"

아버지께선 그동안 관리를 잘하신 듯 비슷한 나이대의 대신들보단 젊어 보이긴 하셨지만, 흐르는 세월을 온전히 비껴가시진 못하셨다.

"그래요, 성상께서 이 늙은이를 친히 찾아주시니 실로 기쁘기 그지없어요."

전보다 확연히 주름이 늘어나신 듯한 모습으로 미소를 지으시니, 나도 모르게 가슴이 아려왔다.

"아바마마, 소자는 이미 보위에서 물러난 몸입니다. 부디 편히 말씀하소서."

"제가 태상황이란 과분한 직책을 받게 된 것도 전부 성상의 공덕이 아닙니까. 비록 부모, 자식 사이라곤 하나 그럴 수는 없지요."

아버지께서는 미소를 띠며 공대를 이어가셨기에, 난 고개를 숙이며 말을 이어갔다.

"본디 소자가 작게나마 이룬 것들은 모두 아바마마께서 세우신 토대가 바탕이 되었사옵니다. 부디 소자를 불효 불인한 자로 만들지 말아주시옵소서."

그러자 옆 의자에 앉아 계시던 어머니께서 아버질 바라보시며 눈짓으로 신호를 주셨다.

"그래요. 그리 간곡히 말씀하시니, 편하게 말하겠소."

"망극하옵니다."

"향아."

"예, 아바마마."

"잘 왔다. 그리고… 그동안 노고가 많았어."

아버지께선 말씀을 마침과 동시에 내게 다가와 손을 잡아주시며, 의자를 권하셨다.

아버지께 이런 말을 들으니 비로소 내가 황위에서 물러났다는 실감이 들었고, 만감이 교차하며 옛일이 잠시 떠올랐다.

그제야 난 아버지와 마음 편하게 밀린 이야길 시작했고, 서역 원정 당시 늦둥이로 태어난 세 아이 혜경과 면, 진은 이름을 지어주었던 할아버지와 비로소 만날 수 있었다.

내 곁에서 함께 문안을 올린 아내들은 어머니와 함께 대화를 나누었다.

각자의 근황을 이야기하던 중, 아버지께서 내게 물으셨다.

"앞으로 어찌 지낼지 생각해 둔 바가 있느냐?"

"소자는 아바마마를 모시고 싶습니다."

"그래? 그렇단 말이지……."

내 말에 아버지는 환한 미소를 지어 보이셨고, 첫날의 일정은 심양의 종친들이 전부 모인 식사 끝에 마무리되었다.

그리고 다음 날, 문안 인사를 올리는 자리에서 아버지께서 의외의 질문을 내놓으셨다.

"향아."

"예, 아바마마."

"그간 궁금했던 게 있는데, 답해줄 수 있겠느냐?"

"어떤 것을 말씀하십니까?"

내 대답에 아버지는 서책을 꺼내 펼치며 질문을 이어가셨다.

"여기 적혀 있는 고무란 것 말인데……."

"그것이 궁금하셨던 것이옵니까?"

"그래, 요즘 한성에선 가공한 고무를 이용해 여러 가질 만들고 있다고 들었는데, 그것이 궁금해서 물었단다."

신대륙에서 들여온 천연고무는 온도 변화에 취약한 특성이 있었다.

그대론 사용할 수 없어 개량을 거쳐야 했고, 사전을 참고한 내 지시하에 생고무에 유황을 조합해 가며 개량할 수 있었다.

그 덕에 고무를 이용한 방수 장화의 시제품이 완성되었고, 고무의 유용함을 알게 되자 수요가 부쩍 늘게 되었다.

그 결과 신대륙에서 수입하거나 조공으로 올리는 고무만으론 감당할 수 없을 지경에 이르렀기도 한다.

내가 그런 사정을 아버지에게 설명하자, 아버지는 곧바로 의

건을 내놓으셨다.

"내가 보기엔, 수레나 마차 바퀴에 감싸는 완충용 자재로도 고무가 쓸 만할 것 같은데…… 네 생각은 어떠니?"

예전에 마차를 설계하셨던 아버지는 고무의 특성을 아시게 되자, 타이어의 개념을 떠올리신 듯하다.

"예, 그 말씀도 지당하시나, 지금으로선 들어오는 물량이 많지 않습니다. 그러니 앞으로……"

고무를 시발점으로 아버지와 난 그간 서신으로 할 수 없었던 이야기를 나누기 시작했고, 아침 문안은 졸지에 각종 발명품과 더불어 학술 토론의 장이 되어버렸다.

이야기에 빠져 있던 아버지와 내가 정신을 차려보니, 어머니와 아내는 어느새 자리를 비켜준 듯 보이지 않았고, 우리 부자 앞엔 각자의 수라상이 차려져 있었다.

"으음……. 우선은 이것부터 들고 이야기하자꾸나."

"예, 부디 젓수시옵소서."

그 뒤로도 우리 부자는 온종일 붙어 다니다시피 하며 여러 이야길 나누었고.

아버지께선 끊임없이 새로운 지식을 갈구하며 내 머릿속에 잠들어 있는 이론들을 자연스럽게 끌어내셨다.

내가 아버지의 지식욕을 너무 간과했던 건가.

"아바마마, 금일의 공무는 어찌하시고……"

"그런 건, 진즉에 요동 절제사에게 대행을 시키고 왔지. 지금은 그게 중요한 게 아니다."

아버지와 이야기하다 보니, 사전 속에 저장된 지식 중에 나도 잘 이해하지 못한 채 잠들어 있다가 토론을 거쳐서 비로소 이해가 가는 것들마저 생기기 시작했다.

"아바마마, 금일의 공무도 혹시……?"

"그래, 어제 하던 이야기나 마저 하자꾸나."

아버지와 함께 지내다 보니 몇 달의 시간이 훌쩍 지나갔고.

정신을 차려보니 접어두었던 학술 서적 집필을 재개하며 요동 절제사 남빈과 함께 심양의 공무를 같이 처리하는 신세가 되었다.

"상황 폐하, 이것이 오늘 결재하셔야 할 문건이옵니다."

어느새 내 도승지 노릇을 하는 관료마저 생겼고, 오늘의 시작도 대차에 쌓인 서류 더미가 날 맞아주었다.

"…거기다 두어라."

이 정도 업무량이면 한창때 내가 처리하던 양 못지않은데…….

"자넨 뭐가 그리도 즐거운가?"

서류를 가져온 이에게 묻자, 그는 진심으로 기뻐하는 표정을 지으며 답했다.

"상황 폐하께서 이곳에 오신 것이 기뻐서 그렇사옵니다."

말은 저리하지만, 그동안 아버지에게 얼마나 시달렸는지 알 것 같네.

내가 이러려고 여기 온 건 아니었는데…….

아버지를 곁에서 모시며 아들의 도리를 다하고자 결정했던 심양행이었는데, 일이 이렇게 될 거라곤 예상 못 했다.

심양에 거주하는 동생들에게 이야길 들어보니, 아버진 요즘 황희처럼 장수하고 싶다고 입버릇처럼 말씀하셨다고 한다.

그 이유는 학문의 끝을 보고 싶으신 마음이라 짐작되기도 하고.

생각해 보니 난 호랑이 굴에 제 발로 기어들어 온 거나 다름없다.

설마 아버지께서 선황으로 물러난 날 부려먹겠냐, 라는 안일한 마음이 지금의 사태를 초래한 거나 다름없지.

난 최광손을 만날 계획을 좀 더 앞당겨야겠다고 생각하다가, 밀려드는 서류에 파묻히고 말았다.

제3장

새로운 시작

　원정 함대를 이끌고 조선으로 귀환한 최광손은 호주 대륙 탐사의 성과인 캥거루와 더불어 그곳에서 발견한 광물의 견본을 가지고 황궁으로 향했다.

　최광손은 황궁에서 출세한 아들 최계한과 마주쳤지만, 부자의 재회보다 먼저 해야 할 일이 있었다.

　"소문으로 듣자 하니, 해사제독이 귀한 영물을 데리고 왔다고 하던데……. 저 우리 안에 든 짐승들이 그것인가?"

　근정전에서 원정 함대의 성과물들을 친히 관람하던 천순제(天順帝) 이홍위가 최광손에게 묻자, 그는 고개를 숙이며 답했다.

"예, 이것은 현지의 주민들이 강구루라고 부르는 짐승이며 소신이 폐하께 바치기 위해 가져왔나이다."

이홍위는 우리 안에서 낯선 풍경에 겁을 집어먹고 있는 캥거루들을 호기심 어린 눈길로 관찰하다가 의외의 광경을 목격했다.

"설마 저게 강구루의 새끼인 것인가?"

만일의 사태에 대비하며 긴장하고 있는 겸사복장 최계한과 여러 호위 무관들과는 다르게 이홍위의 태도나 말투는 평온하기 그지없었다.

"예, 그러하옵니다."

캥거루의 새끼가 어미의 배 주머니 속에서 고개만 빼꼼하게 내민 채 이홍위와 눈을 마주쳤고, 이홍위는 귀여운 그 모습에 눈을 뗄 수가 없었다.

"허, 이런 와중에 해산이라니. 내가 귀한 광경을 보게 되었구나."

이홍위는 배 주머니를 생식기관으로 착각한 것이었고, 나름대로 캥거루 전문가가 된 최광손은 곧바로 그의 착각을 정정해 주었다.

"아뢰옵기 송구하오나, 그것은 해산하는 것이 아니옵니다."

"그게 무슨 말이오?"

최광손은 간략하게나마 캥거루를 관찰하며 알게 된 사실을 설명해 주었다.

"…그리하여, 강구루의 배엔 일종의 주머니처럼 공간이 달려 있사옵고, 신이 추측건대, 사람이 강보에 아이를 감싸 보호하듯이 사용하고 있다 사료되옵니다."

"아아, 그런 것이었소? 실로 천륜을 본능적으로 알고 행하는 짐승이라 할 수 있으니… 귀하게 대해야겠소. 그런데……"

"하문하실 것이 더 있사옵니까?"

"이것들 말고도 특별한 강구루가 있다고 들었는데, 여긴 데려오지 않았소?"

이홍위는 최광손의 애완 캥거루 적록에 대한 이야길 강화 수령의 서신을 통해 미리 들었기에 내심 기대하고 있었던 것이었다.

"그것은… 폐하께 진상할 대상이 아닌지라, 신의 사택에 머물고 있사옵니다."

최광손은 아버지가 돌아가신 후, 아들 최계한의 집이 되어 버린 가택에 적록을 두고 가까운 이들에게 돌보아달라고 부탁한 상황이었다.

"그렇소? 아쉽게 되었구려. 다음에 입궐할 땐 꼭 데려왔으면 좋겠소."

"예, 그리하겠사옵니다."

"그리고… 해사제독에게 전해달라는 상황 폐하의 전언이 있었소이다."

"어떤 전언을 말씀하십니까?"

"자세한 것은 도승지가 서면으로 전달할 것이네. 그리고 예조참의는 강구루들을 사축서(司畜署)로 보내도록 하고."

이홍위의 말에 시립 중이던 도승지 이개(李塏)와 예조참의 김시습이 고개를 숙였다.

최광손이 아들과 재회의 기쁨은 잠시 미루고 항해 도중 작성한 보고서를 바치고 퇴청할 차례가 되자, 이개가 그에게 다가왔다.

"제독 대감, 이것이 상황 폐하께서 대감께 내리신 서신입니다."

최광손은 의례대로 그것에 절을 하고 받으려 했지만, 도승지가 제지했다.

"상황의 서신이니 그러실 필요 없고, 그저 고개를 숙이는 정도로 족합니다."

"그래도……."

"황실의 개정된 예법에도 명시되어 있는 부분이니, 이러는 게 맞습니다. 그리고 모든 관료는 실수로라도 상황과 태상황에게 신(臣)이라고 칭하면 안 됩니다."

최광손은 도승지의 말을 듣자, 광무제가 제위에서 물러났다는 사실을 실감할 수 있었다.

방금도 광무에 이어 천순이란 연호를 세운 천순제 이홍위와 알현하긴 했지만, 태자였던 그를 대하던 감각에서 크게 벗어나지 않아 어색하기 그지없었다.

"알겠소."

최광손은 광무제의 서신을 받아 집으로 향했고, 입궐하기 전 처음 보게 되었던 며느리의 환대를 받은 후, 후원에서 적록과 씨름하고 있는 이를 보았다.

"자미(子美), 오늘도 이기지 못할 도전을 하는 건가?"

최광손의 말에 적록을 붙들고 넘기려고 안간힘을 쓰던 무관 이거(李琚)가 샅바에서 손을 떼며 답했다.

"오셨습니까, 대감."

"그래, 적록이가 말썽을 부리진 않았고?"

"근처의 아이들이 적록을 구경하려 담을 넘어와 소관이 쫓아내긴 했지만, 적록이 문제를 일으키진 않았습니다."

"그래? 자네도 이제 사가에 돌아가 쉬도록 하게."

"예, 그럼 소관은 이만 물러가겠습니다."

이거가 최광손에게 인사하고 집으로 돌아가자, 그와 함께 있던 선임 수병 신노스케가 말을 꺼냈다.

"대감, 다음 행선지는 어디로 정해졌는지 알 수 있겠습니까? 혹시 대감께서 고대하시던 아대륙이면……."

"아니, 아직 정해진 건 아무것도 없어. 그보다 다들 나가서 밥이라도 먹고 와."

최광손에겐 아직도 낯선 며느리 신씨가 고개를 숙이며 말했다.

"아버님, 식사는 제가 준비해도 되는데, 어찌하여……."

"아니다. 우리 며늘아기는 신경 쓰지 않아도 되니 이만 들어가 쉬어라."

최광손의 눈짓에 신노스케는 곧바로 일어서며 답했다.

"안 그래도 시전에 필요한 게 있어서 가보려던 상황이었습니다."

"그래."

최광손은 신노스케와 고참 수병들이 떠나자, 아버지 최윤덕이 쓰던 별채에 들어갔다.

최윤덕 생전의 검소한 성품을 대변하듯 방 안에는 사관학교의 교재들이나 병서들을 제외하곤 별다른 가재조차 없었다.

최광손은 잠시 아버지에 대해 떠올리다, 이내 목적이었던 서신을 읽기 시작했다.

광무제, 이젠 상황이 된 이향의 편지는 최광손의 노고를 칭찬하는 내용으로 시작해 그를 미소 짓게 했고.

이역만리의 오지를 탐험하는 최광손을 대신해 최계한의 혼사를 치른 것은 군신 관계에 앞서 함께 싸웠던 전우의 의무라고 말하며 그를 눈물짓게 했다.

그 외에도 여러 가지 내용이 적혀 있던 서신 말미엔 이번 해 가을에 광무함을 이끌고 해삼위로 와달라는 요청이 적혀 있었다.

최광손은 무슨 목적으로 상황이 해삼위로 와달라고 했는지 의문을 품었지만, 이내 그럴 만한 사정이 있으리라 생각하곤 다음 목적지를 해삼위로 정했다.

*　　　*　　　*

한편, 예조의 산하기관이자, 황실에서 필요한 가축을 키우는 목적으로 설립되었던 사축서에 새로운 식구인 캥거루가 추가되었다.

본래는 황실에서 소비할 소나 돼지, 양이나 오리 같은 식용 가축을 키우던 사축서는 원정 함대나 사신단이 데려오는 진귀한 동물들을 도맡아 키우다 보니 동물원에 가깝게 변해 있었다.

마자파힛이나 대월, 섬라 같은 동남아 국가 들에서 진상한 각종 조류부터 시작해, 왜국이나 대만에서 진상한 원숭이같이 조선엔 없는 동물들이 즐비했고.

신대륙에서 나포해 온 들소 버팔로와 더불어 들소만큼이나 거대한 북미산 순록마저 번식 중이기도 했다.

그뿐만 아니라 서역에서 어렵게 구해온 우왕(牛王), 즉 소 중에서 가장 거대한 덩치를 자랑하는 오록스나 버팔로와 비슷하게 생긴 유럽산 들소가 귀한 대접을 받고 있기도 했다.

조정에선 조만간 사축서를 예조에서 분리해 독립기관으로 만들 예정이기도 했고, 최근엔 각지에서 데려온 들소들을 번식시켜 가축화시키는 작업에 열중하고 있기도 했다.

한때는 사축서에서 동남아산 물소도 함께 키워보려 했지만, 기후 적응 때문에 실패하고 남쪽 지방과 제주도로 보내야 했다.

또한 사축서뿐만이 아니라 조선의 축산 전반엔 많은 변화가 있었다.

우선 민간에서 키우는 가축 양이 대폭 늘어난 상황이었다.

거기에 걸맞게 고기의 수요도 늘어 매일 수만의 짐승들이 도축을 당하고 있었다.

고기의 수요가 대폭 늘어나니, 나라에서 소규모로 운영하던 양계장의 규모도 덩달아 커졌다.

민간에서도 전문적으로 양계를 하는 이들이 여럿 생겼고, 세계 각지에서 들여온 여러 품종의 닭들 덕분에 육계용 품종 개량도 서서히 이뤄지고 있었다.

본래 명국산 돼지들을 들여와 자생시켰던 양돈 쪽에도 변화가 생겼다.

서역산 흰 돼지가 살래를 통해 수입되었고, 기존의 돼지보다 빠른 발육 속도 덕에 인기가 많아진 것이다.

게다가 광무제 치세 말기에 이베리아산 흑돼지를 들여오자, 소보다 더 귀한 취급을 받는 고급 식재가 되었다.

소 역시 많은 변화가 생겼다.

단순히 노동용 소뿐만 아니라, 육우를 비롯해 우유를 얻기 위한 젖소 품종도 생겼고.

관에서 운영하는 목장 외에도 민간의 목장이 각지에 생긴 것이었다.

한성을 비롯해 경기 지방과 삼남에 소의 수요가 늘어나자, 원주가 새로운 목축지로 주목을 받기 시작했다.

본디 원주는 강원도의 감영을 비롯해 주요 관청이 전부 모여 있어 행정수도나 마찬가지였지만, 인구수는 초라하기 그지없었다.

경기 지방과 가까우면서도 교통망이 잘 정비된 원주에 수많은 목장이 생기자, 유동 인구가 늘어나기 시작했고.

원주에서 목장 사업을 벌이려는 큰손들이 오가자, 땅값마저 자연스레 오르기 시작했다.

목축 쪽과 유통에 관련된 일자리가 늘어나자 북방계와 백정 출신 유통업자들마저 자연스럽게 유입되었고, 원주는 근 십 년간 눈부신 발전을 이루게 되었다.

일련의 발전 과정에서 자라나는 아이들은 자연스럽게 덩치 가 커졌고, 더불어 기초의학과 위생 그리고 우두의 접종마저 자연스럽게 자리 잡자 인구가 폭발적으로 증가했다.

조선 땅에 살던 백성과 더불어 조선의 강역이 된 모든 땅에 서 파악한 인구만 물경 2천만에 달했고, 아직 집계되지 않은 인원도 꽤 많았다.

게다가 앞서 나열한 요인으로 말미암아 해마다 인구가 2% 가량씩 늘고 있었다.

지금과 같은 추세로 증가한다면 50년 이내에 북명의 인구 수를 따라잡게 될 가능성마저 생긴 것이며, 조선이 진정한 패 권국으로 거듭날 토대가 완성된 것이나 다름없었다.

*   *   *

한편, 신대륙 미주의 서부에선 여러 가지 일이 벌어지고 있 었다.

다수가 북방계 출신으로 이뤄진 이주자들은 그들의 습성상 원주민들과 충돌을 빚었고.

이주 초기엔 원주민의 머릿수에 밀려 번번이 쫓겨나곤 했다.

하지만 시간이 흐름에 따라 황금에 이끌린 이주민이 늘었고, 남이처럼 새로운 번국의 왕을 꿈꾸며 파견된 종친 출신의 무관들마저 신대륙에 오게 되자 전세가 역전되었다.

고도의 군사교육을 받은 지휘관을 둔 이주민 무리는 원주민들에겐 없었던 기마병과 발전된 무기를 내세워 무력시위를 했고.

최악의 경우엔 땅의 주인들을 힘으로 쫓아내고 그들의 영역을 차지했다.

게다가 신주성 근방에서 발견된 금맥 일대는 조정에서도 귀중한 요지로 분류해 요새를 건설하고 수비할 병력을 파견한 상황이기도 했다.

결국 서부 일대에 살던 원주민들은 살던 곳을 버리고 동쪽이나 북쪽으로 이주하기 시작했다.

그런 일련의 과정에서 자연스럽게 변하는 것도 있었다.

신대륙 북쪽에 자리 잡은 니히쏘(크리) 부족은 조선이 조공국인 다두 왕국처럼 모종의 목적을 가지고 밀어주는 곳이었다.

그들에겐 군사적 도움과 더불어 각종 물자가 지원되었고.

그 덕분에 조선과 제일 먼저 접촉했던 니히쏘의 분파 삼림족은 조선의 지원을 받아 습지족과 평원족을 흡수해 가며 기초적인 나라의 모양새를 갖추게 되었다.

본래 광무함의 선임 무관이었던 박장석은 그 과정에서 혁혁한 공을 세웠고, 이젠 니히쏘의 왕이나 다름없는 삼림족의 족장에게 큰 신임을 받고 있었다.

또한 니히쏘는 조선의 지원과 무력만 믿고 강압적으로 나가진 않았다.

본래 이들은 부족 의회와 비슷한 의사 결정 체계를 가지고 있었고, 필요에 따라 작게나마 이웃한 부족과 교역도 하고 있었지만, 운송과 이동 수단 덕에 한계가 있었다.

그런 그들에게 말과 마차란 이동 수단이 생기자, 그들은 가까운 부족뿐만 아니라 더 먼 거리의 이들과도 접촉할 기회를 가지게 되었다.

니히쏘와 교류하게 된 신대륙의 원주민들도 교역을 통해 새로운 문물에 눈을 떴고, 이는 결국 자연스러운 발전으로 이어지기 시작했으며.

또한 그들에겐 지금까지 일어난 일은 아무것도 아닐 정도로 커다란 변혁이 예정되어 있기도 했다.

*　　　　　*　　　　　*

최광손은 아들 최계한과 함께 도성 나들이에 나섰다.

"아버지, 이쪽으로 오시지요."

"그래."

"꺄오옥—."

그들의 뒤를 캥거루 적록이 따랐고, 그의 머리 위엔 무관용 융복에나 쓰일 법한 붉은색 주립(朱笠, 붉은 갓)이 씌어 있는 데다, 꿩 깃으로 장식마저 되어 있었다.

캥거루와 사람은 두상이 다르니 귀를 피해 뒤통수에 매달아놓은 듯한 모양새가 되었고.

주립을 거추장스러워할 수도 있었으나, 적록은 모자가 마음에 든 듯 개의치 않은 모습이었다.

그런 캥거루의 모습은 어딜 가나 시선을 끌었고, 사람들은 대체 저게 무슨 짐승이냐며 놀라워했다.

적록이 주립을 쓴 데는 특별한 사정이 있었다.

최광손은 며칠 전 입궐할 당시 적록을 데려가 천순제 이홍위 앞에서 그간 연습시킨 예법을 선보였다.

천순제는 사람처럼 절을 하는 적록에게 호감을 보였고, 금군의 만류를 아랑곳하지 않고 적록이 가장 좋아한다는 먹이인 당근을 직접 먹여주기도 했다.

적록은 신이 나서 주인인 최광손이 평소에 단련하는 모습을 흉내 내며 근육을 과시하는 자세를 잡았다.

아버지 광무제처럼 무예를 좋아하는 천순제는 그 모습을 보곤 기꺼워하며 짐승이 사람의 예법을 알면서 양생법에도 능한 게 기특하다며 대부(隊副)직을 내렸다.

대부는 갑사 아래서 보졸을 지휘하던 종9품의 벼슬이긴 하나, 대대적인 군제 개편 후 사라진 직책이기도 했다.

천순제의 행동은 즉흥적 장난에 가까운 행동이었지만, 동석한 신하들은 그 행위를 명예직 수여로 받아들여 짐승에게 녹봉을 내려야 하는지 고민하게 만들기도 했다.

천순제는 적록과 헤어지기 전, 의장품으로 주립을 내렸고. 동시에 겸사복장인 최계한에게 휴가를 내려 아버지와 함께 시간을 보낼 수 있도록 조처했다.

그 일련의 일들이 일어난 결과가 지금의 모습이었다.

"아버지, 지금이라도 적록을 집에 두고 오는 게 어떻겠습니까?"

사람들의 시선이 부담스러운 최계한은 최광손에게 조심스럽게 제안했지만.

아버지는 아들의 제안을 간단하게 잘랐다.

"싫은데."

"…알겠습니다."

"적록이가 부끄러우냐?"

"아닙니다."

부자간의 대화는 그것으로 끊어졌고, 도성의 풍경 따윈 눈에 들어오지도 않을 정도로 분위기가 어색해졌다.

되레 나들이에 신이 난 적록만이 기분이 좋은지 특유의 쉰 소리로 가끔 울어댈 뿐이었다.

최계한은 잘 기억도 나지 않는 어린 시절을 제외하면, 천순제 이홍위와 그리고 남이와 함께 궁에서 자랐다.

그는 주변 사람들에게서 아버지 최광손은 조선을 대표하는 장수란 이야길 들었기에, 아버질 우상처럼 숭배했고.

이는 사관학교에서 교육을 받을 당시에도 경쟁심과 더불어 향상심을 가지는 좋은 동기가 되었다.

검술에 천부적 재능을 타고난 이홍위는 훗날 자신의 군주가 될 상대였기에 논외였고.

결국 그의 호적수는 남이라고 할 수 있었다.

남이는 선천적으로 커다란 덩치를 타고난 데다, 각종 병장기를 능숙하게 다루고 무엇보다도 최계한과의 대련에서 상대 전적으로 앞서 나갔다.

최계한은 그런 남이를 이기기 위해선 근력을 키우는 것뿐이라고 여기며 단련에 매진했지만, 전적의 우위를 점하지 못한 채 졸업해야 했다.

그가 피나는 노력을 한 결과는 한성부에서 갑사로 군역을 시작했을 때, 범죄자들을 상대로 빛을 보기 시작했다.

그는 기교가 떨어지는 자신이 키워야 할 것은 근력이라 여기며 한층 더 단련에 매진했고.

웬만한 무관들에겐 마의 고지라고까지 불리는 200근짜리 역기를 다루는 데도 성공했다.

군역을 마치고 겸사복으로 무관 경력을 시작한 최계한은 첫 실전을 대월에서 벌이게 되었고, 왕부 방어전 당시 적의 지휘관을 사살하는 공적을 세웠다.

뒤이어 이어진 승룡 황성 공방전에 정상후의 군대와 합류해 수없이 많은 반란군을 사살했다.

최계한은 지휘관이었던 이시애에게 호부 아래 견자가 나지 않는다는 격언, 호부무견자(虎父無犬子)란 극찬을 들었고, 이후 무관 생활은 순조롭게 이어지게 되었다.

하지만 정작 그는 장성하고 나서 아버지를 만난 건 손에 꼽을 정도로 적은 데다, 부자의 정을 나눌 만한 이야길 제대로 한 적도 없었다.

최계한은 오지를 탐험하는 아버지와 이역만리의 타국에서 근무하는 숙부들 대신 할아버지 최윤덕을 모시며 살았고.

조부께서 돌아가셨을 땐, 최계한이 상주를 맡아서 장례를 치러야 했다.

뒤늦게나마 소식을 듣고 온 숙부들은 통곡하며 할아버지를 애도했지만.

일 년을 훌쩍 넘기고 나서야 찾아온 최광손은 호상이라 다행이란 말만 남기고, 금세 사라져 버렸었다.

결국 최계한은 그런 아버질 이해할 수 없었고, 어렸을 적 품었던 동경의 감정은 어느샌가 사라지고 말았다.

"저기… 겸사복 생활은 좀 어떠니?"

"좋습니다."

"폐하께선 널 아끼시고?"

"예."

최광손이 어색하게나마 아들의 근황을 물었지만, 최계한의 대답은 간단하기 그지없었으며 대화가 이어질 만한 여지조차 주지 않았다.

"그러냐……"

"꺄오오옥!"

순간 적록이 배가 고플 때 내는 소리를 지르자, 최광손은 허리에 매고 있던 주머니에서 당근을 꺼내 먹여주었다.

"그래그래. 천천히 먹어. 체할라."

최계한은 미물을 대하는 아버지의 부드러운 표정을 보곤, 한층 더 짜증이 나고 말았다.

그는 자신의 친우이자 주군인 이홍위도, 아버지 최광손도 저딴 괴상한 생물체를 어째서 좋아하는지 이해할 수 없었고.

본인은 그 감정이 질투심이란 것도 깨닫지 못한 채, 빠르게 걸음을 옮겼다.

최계한은 젊은 나이에 대월에서의 전공을 인정받아 겸사복장에 오르긴 했지만, 그것이 그가 진정 바란 길은 아니었다.

그는 한때 아버지와 같은 배를 타고 동고동락한 친우 남이를 부러워했고, 더불어 미지의 세상을 탐험하는 아버지와 원정 함대를 동경했었기 때문이다.

그가 겸사복장으로 오른 결정적인 이유는 새로운 황제에게 힘이 되길 바란 상황 광무제의 의향이었으나.

무수한 선임들을 제치고 승진한 그에겐 줄을 잘 서 출세한 무관이란 꼬리표가 붙기도 했다.

"저기… 전부터 네게 주고 싶었던 게 있는데……."

"선물이라면 감사히 받겠습니다."

"으음……. 출항하기 전에 두고 가마."

최광손은 아버지의 선물이란 게 전처럼 여느 나라의 토산품쯤으로 짐작하며 대수롭지 않게 여겼고.

부자의 나들이는 결국 어색하게 끝이 나고 말았다.

"다녀오셨습니까."

부자가 집에 돌아오니 좌의정 신숙주의 막내딸이자, 최계한의 아내가 그들을 맞이했다.

한때 김시습에게 시집갈 뻔했었던 신씨는 둘이 맞선을 보고 선택한 배필이었으며, 그녀 역시 남편을 사랑하고 존중하는 아내기도 했다.

최광손은 그녀의 가문이 조금 부담스러워, 아무것도 시키지 않으려 했고.

시아버지와 며느리, 즉 구부간(舅婦間)의 사이조차 어색하기 그지없었다.

"서방님, 식사는 어찌하셨습니까?"

"별로 생각 없구려."

"그럼, 아버님도 끼니를 거르셨다는 말씀입니까?"

"아가야, 난 괜찮다. 오늘은 금식일이라서."

최광손은 양생법을 핑계 삼아, 그런 말을 하긴 했지만, 사실은 배가 고팠고.

방으로 돌아가 육포를 뜯어 먹을 예정이기도 했다.

그러자 의외의 대답이 돌아왔다.

"아버님, 잦은 금식은 단련에 해가 될 뿐입니다. 바로 상을 차려 올리겠습니다."

"어? 어. 그래라, 그럼……."

"서방님 것도 같이 올리도록 하지요. 그럼 잠시 기다려 주시지요."

두 부자는 졸지에 대청에 함께 앉아 식사를 기다렸고, 적록은 건너편의 평상에 누워 하품하며 그들을 바라보았다.

"저기… 수한아."

"예."

"그게 말이다……."

"말씀하시지요."

"하아, 아니다."

최광손이 주저하는 사이, 며느리가 준비한 식사 상이 시아버지에게 먼저 나왔다.

최계한은 그것을 보곤 부엌으로 발걸음 해 자신의 상을 들고 왔으며, 두 부자의 식사는 말 한마디 없이 시작되었다.

"아버님, 이국의 사람들은 무엇을 먹고 사나요?"

"어…… 어떤 나라를 말하는 게냐?"

"아버님께서 가보신 나라들 전부요. 제 가친께서도 이국에 여러 번 다녀오셨는데, 타국에 대한 이야긴 잘 해주지 않으셨었지요."

"그러니?"

"처음으로 가본 타국이 어디인가요?"

"그게 따지고 보면 명국이긴 한데, 거기 이야긴 별로 궁금하지 않을 테고."

"그다음으로 가보신 곳은요?"

"처음으로 배를 타고 가본 곳은 유구지."

최광손은 며느리의 자연스러운 유도에 이끌려 유구에 갔던 이야길 시작했고.

그곳의 풍습과 음식을 비롯해 자신이 유구의 현왕이 세자였던 시절에 의사소통에 서툴러 반말로 결례를 저질렀었다는 이야길 했다.

최광손은 어색하기 짝이 없던 며느리가 흥미진진한 표정으로 자신의 이야길 들어주자, 신이 나서 대만의 이야길 이어갔다.

"어머, 어머. 거기서 자칫 잘못했으면 다들 죽을 수도 있었겠네요?"

"그렇지. 그때 내가 시간을 끌지 않았더라면 큰일이 벌어졌을 수도 있었어."

"세상에……. 그런 두 분이 지금은 둘도 없는 친우 사이라니. 다두왕 전하의 배포가 대단하시네요."

"그렇지. 따지고 보면 그 친구도 내게 총을 맞아 죽을 뻔했었으니까."

아버지와 아내가 정겹게 이야기하는 광경을 본 최계한은 한숨을 쉬곤, 상을 치우고 설거지를 해야 했다.

둘의 이야기는 밤이 깊어가도록 이어졌고, 최계한도 어느새 아버지의 이야기에 푹 빠지고 말았다.

그는 이야기에 열중한 아버지 대신 적록에게 당근을 먹여가며 모험담을 경청했고, 아즈텍에서 벌인 전쟁 이야길 들을 땐 자신도 모르게 그다음을 재촉하기도 했다.

"그 극악무도한 군주는 어찌 되었습니까?"

"음, 나도 직접 보진 못했지만, 재작년에 사약을 받았다고 들었어."

"지은 죄에 비하면 너무 편하게 갔네요."

"그렇지. 그래도 명색이 일국의 군주였으니, 예를 갖춰준 모양이더라고."

"다음엔 어디로 가십니까?"

"해삼위로 가게 되었단다."

"미주에 다시 가시려 하십니까?"

"아니다."

"그럼 무슨 일로……."

"상황 폐하께서 그곳에서 날 만나자고 하셔서 가는 거다."

"그곳으로 부른 연유는 모르십니까?"

"모르지. 폐하를 모시는 너도 모르니?"

"예, 소자는 성상의 호위 임무를 맡을 뿐입니다. 그런 것까진 알기 힘들지요."

"으음……."

"얼굴이라도 보고 싶어서 부르신 게 아닐까요."

"솔직히 말하면, 산동의 성 대감처럼 총애를 받았던 이라면 모를까. 이 아비는 좀……."

최계한은 아버지가 호상이란 말만 남기고 홀쩍 사라졌을 때, 할아버지의 묘소에 다녀왔다는 말을 듣곤 그나마 남아 있던 앙금을 풀곤 존경을 담아 말했다.

"아버지야말로 성 대감보다 훨씬 더 대단하신 분이십니다."

"그러냐?"

"예."

최광손은 아들의 칭찬에 자기도 모르게 함박웃음을 지었고, 주변을 둘러보며 답했다.

"아무튼, 오늘은 밤이 늦었으니, 이만 자야겠구나."

"예, 편히 주무시옵소서."

"아버님, 저도 이만 물러가겠습니다."

최광손은 잠들기 전, 미래에 대해 고민했고, 해삼위에 갔다가 산동성 제남에 홀로 남아 있는 아내를 만나러 가야겠다고 다짐하며 잠이 들었다.

그는 이후로도 모험하며 겪었던 이야길 풀어놓으며 아들과 즐거운 시간을 보냈고.

그러다 보니 최계한의 휴가도 끝이 나고 최광손에겐 출항의 날이 다가왔다.

최광손은 항해하며 아들을 위해 따로 작성했던 모험기를 선물로 두고 적록과 함께 집을 나섰다.

"제독 대감, 오늘따라 기분이 좋아 보이십니다?"

"그래? 신노 넌 잘 놀았고?"

"그럼요. 적록아, 형 왔다."

"꺄오오옥!"

"못 본 사이에 관을 다 쓰고 있네?"

신노스케와 적록이 끌어안으며 재회의 기쁨을 누리는 사이, 최광손은 옆에 있던 이에게 말을 걸었다.

"자미, 자넨?"

광무함 승선 무관 이거(李琚)가 최광손에게 고개를 숙이며 답했다.

"소관도 사가에서 잘 쉬었습니다."

"자네 가문은 대대로 문관 출신이라고 들었는데, 어르신들이 무관이 된 거로 뭐라고 하진 않던가?"

"아닙니다. 저희 시조께서도 전조에서 중랑장으로 공을 세우셨고, 문무관의 차별도 없어졌으니 상관하지 않으십니다."

"그래? 덕수 이가의 시조가 무관이었구나."

"소관도 본래는 사관 지망이긴 했지만, 무관이 되고 바다를 누비다 보니 이쪽이 더 좋습니다. 어떨 땐 천직 같기도 합니다."

최광손은 원리 원칙을 준수하고 적당한 호승심마저 갖추고 있는 이거의 성품을 떠올리며 답했다.

"그래? 자네라면 언젠간 좋은 선장이 될 수 있을 거야."

"칭찬 감사드립니다."

휴식을 마치고 강화도로 모인 수병과 무관들은 광무함에 올랐고, 목적지인 해삼위를 향했다.

전임 수령 권람의 필사적인 선정과 더불어 신대륙의 기항지로 발전한 해삼위에 광무함이 입항하자, 그들을 맞이하는 일련의 무리가 있었다.

"상황 폐하!"

광무제 이향이 식솔들과 함께 최광손을 맞이하러 나온 것이었다. 선장은 그 광경을 보자마자 급하게 배에서 뛰어내리다시피 달려갔고.

승무원들은 일제히 갑판 위에서 예를 표했다.

그리고 최광손은 전혀 예상하지 못했던 이야길 듣게 되었다.

*　　　　　*　　　　　*

연해주의 항구에서 재회한 최광손은 내 말이 믿어지지 않는다는 듯한 표정을 지으며 재차 되물었다.

"다시 한번 말씀해 주시겠습니까?"

"미주에 데려가 주게."

"거길 어찌하여 가려 하십니까?"

"일단은… 미주의 신민들을 위무하고자 가는 거라고만 해두지."

최광손은 내 주변을 돌아보고 재차 되물었다.

"설마… 태후마마께서도 동행하십니까?"

"그렇네."

최광손은 황망한 표정으로 주변을 둘러보곤 다시 물었다.

"혹시, 성상께서도 이곳의 상황을 아십니까?"

"아니, 모르실 걸세."

"그럼, 이건… 소관이 바로 결정할 수 없는 문제인 듯합니다."

"어째서?"

"상황 폐하께서도 잘 아시리라 짐작되옵니다."

"자네와 나 사이에 부탁 하나 들어줄 수 없단 말인가?"

"그건……."

"그리고 장담컨대, 이 일로 자네에게 어떤 해도 가지 않을 걸세."

"그걸 어떻게 장담하십니까?"

"과인은 성상께서 태자였던 시절부터, 미주로 가야겠다고 입버릇처럼 이야기했었으니까."

"태상황께서도 윤허하셨습니까?"

"그건 아니지만, 사정을 적은 서신을 두고 왔으니, 지금쯤이면 알고 계실 것이네."

"……."

최광손은 고민하듯 침묵하다, 이내 고개를 숙이며 답했다.

"삼가 명을 받들겠습니다."

"명이 아니라, 그저 부탁이었네."

최광손은 내 수행원들을 바라보며 말을 이어갔다.

"상황 폐하, 이 많은 인원을 전부 데려갈 순 없습니다."

"그건 걱정하지 않아도 되네. 배에 오를 사람은 단 세 명뿐이니."

"그렇습니까?"

날 따라온 수행원들은 모두 심양으로 돌려보낼 거다.

지금 나와 함께 가기로 마음먹은 건 출발하기 전부터 충분한 이야길 거친 태후와 귀비 양씨뿐이고.

다른 후궁들은 수행원을 따라 심양으로 돌아가게 될 거다.

내 늦둥이 자식들은 나이가 어려 항해에 나서긴 위험하니, 좀 더 자라게 하고 스스로 진로를 결정하게 할 거다.

"상황 폐하의 부탁이니 수락하긴 했지만, 도저히 영문을 모르겠습니다."

최광손의 한탄과도 같은 푸념을 들으며 나와 두 아내는 배 위로 올랐다.

내 제호를 딴 배 광무함에 두 번째로 오르자, 옛일이 떠올라 만감이 교차했다.

한편, 광무함의 무관들과 수병들은 나와 아내들을 보곤, 황급하게 자세를 바로 취하며 예를 보였고.

나와 아내들은 최광손이 쓰는 선장실을 방으로 배정받았다.

난 가져온 궤짝 안의 새 옷을 꺼내 입으며, 그간의 일들을 떠올렸다.

심양에서 아버지에게 붙잡혀 기약 없는 노예 생활을 이어가던 난, 홍위와 이야기했었던 계획대로 화령 일대의 순행에 나서겠다고 이야기했다.

난 아버지의 반대에도 불구하고 순행을 강행했고, 아버지께선 어쩔 수 없이 날 보내야 하셨다.

떠나는 와중에 나는 아버지에게 드릴 선물과 더불어 사정을 설명할 편지를 남기고 왔다.

내가 올린 선물은 사전 안에 저장되어 있던 미래 기술 중, 내 치세 동안 발전한 조선에서 구현 가능성이 있는 것들의 제작법과 이론들이다.

전기의 개념과 더불어 아연과 구리를 이용한 기초적인 전지를 만드는 법, 아직 발견되거나 합성된 적이 없는 화학물질의 화학식.

또한 지극히 불안정해 위험한 니트로글리세린의 안정화 방법, 즉 다이너마이트의 제조법까지.

그 외에도 플라잉 셔틀을 이용한 수동 방직기 같은 기물 등, 산업혁명의 기반이 되는 여러 기계의 설계를 남기고 왔다.

증기기관은 이미 우르반과 장영실, 그리고 최공손이 함께 연구 중이니, 언젠간 성과가 생기리라 보이고.

어떻게 보면 아버지께서 내게 바라셨던 것과는 방향이 약간 다르긴 하지만, 결과적으론 여러 가지 과학과 학문이 발달하면 이르게 되는 부산물들이니.

본격적으로 인구 증가세로 접어든 나라를 발전시키는 데 큰 도움이 되리라 생각한다.

짐작이지만, 지금쯤 아버지나 학자들은 내가 남기고 온 것들을 살펴보느라 정신이 없을 거다.

그리고 이제부터 난, 신대륙으로 건너가 왕부를 세우려고 한다.

지금도 신대륙에서 여러 가지 물품이나 작물들을 조공으로 받아가며 교역을 하고는 있으나, 시간이 흐를수록 우리의 영향이 약해질 수도 있고 본국에서 관심을 지울 가능성도 있다.

하지만, 내가 번국을 세운다면 달라질 것이다.

선황, 그것도 조선을 황제국으로 만든 내가 자리를 잡는 순간, 결코 무시할 수 없는 존재가 되기 때문이지.

또한 미래에 난립할 만한 나라들을 조선에서 억제하는 수단이 되기도 한다.

선례로 만들어지면, 상황으로 물러난 황제가 다스리는 영토가 심양뿐 아니라 미주까지 확대될 것이고.

그리고 난 홍위를 가르치며 신대륙의 중요성에 대해 설파한 적이 많았다.

엄청난 규모의 땅에다 미지의 자원들이 잠자고 있는 것부터 해서, 전 세계를 아우를 수 있는 지정학적 위치까지.

여기를 어떻게 하느냐에 따라 나라의 미래가 달려 있고, 더 나가서는 조선의 신민이 될 만한 주민 역시 수없이 많다고.

미주 서부의 금맥에서 채취한 사금만으로도 상당한 양이었고, 이는 왜국 사도가시마와 이와미에서 거두는 금은을 제외하면, 조선령에서도 손에 꼽을 만한 금의 산지기도 했다.

또한, 현재까지 조선 조정에서 보유하고 있는 금만 해도 북명의 비축량을 가볍게 뛰어넘고 있다.

게다가 세계 교역을 통해 돌고 도는 은의 양은 상상을 초월할 규모였으니, 조정에서도 온전히 파악이 안 될 정도였다.

구리는 돈을 만드는 데도 들어가지만, 현존하는 화포 중에서 가장 거대한 대한포(大汗砲)를 장식용으로 만들 정도였고.

산동과 요동, 구주 일대를 손에 넣음으로써 한때, 고질적인 구리 부족에 시달리던 조선의 약점은 사라졌다.

화약의 재료인 초석은 인도 쪽 나라들과 긴밀한 관계, 즉 미당과 각종 귀금속, 설탕 같은 자원을 교역하며 해마다 수천 톤 단위로 수입하고 있었다.

거기에 더불어 남미산 초석과 인광석의 산지마저 최광손이 탐험하며 확보한 상황이었고.

살래를 통해 유럽의 금은과 재화마저 빨아들이고 있으니, 조만간 세상의 중심은 바뀌게 될 거다.

아니, 어찌 보면 이미 그렇게 되었다고 볼 수도 있고.

아내들과 함께 옷을 갈아입고 나오자, 최광손이 물었다.

"그건 못 보던 옷인 것 같은데, 폐하께서 고안하신 복장입니까?"

"그렇네."

내가 입고 있는 옷은 미래식 정장이었고, 서부영화에서 보안관이나 판사를 맡은 배우들이 입을 법한 활동적 양식이었다.

난 장영실이 내게 선물해 준 휴대용 회중시계를 금줄에 걸어 주머니에 넣은 상태였고, 허리에 찬 가죽제 총집 안엔 육연발 리볼버, 즉 육혈포가 들어 있었다.

뇌관식 육혈포는 장영실의 제자 최공손이 내게 진상한 무기였으며, 시제품으로 총열 두 개를 붙여 만든 수평 쌍대 방식, 즉 더블 배럴형 장총도 준비되어 있었다.

두 아내 역시 나풀나풀한 치마와 저고리 대신, 나와 비슷한 양장에 바지를 입고 머리를 가지런히 정리했다.

거기다 우리가 신고 있는 가죽 장화는 선창의 미끄러움을 이겨내기 위해 고안되었다.

내가 쓴 긴 챙의 중절모를 본 최광손이 재차 말했다.

"그것도 못 보던 형식의 관인 것 같습니다."

"이것도 새로 만들게 했네."

최광손은 조심스럽게 내 복장을 관찰하며 용도에 관해 물었는데, 권총 반대편에 패용 중인 울루그 벡이 내게 선물한 다마스쿠스 어검은 별로 관심이 없는 듯했다.

"보급을 마치는 대로 출항했으면 좋겠네."

최광손에게 신형 권총을 건네 보여주던 내가 말하자, 그는 조심스럽게 내게 권총을 되돌려 주며 답했다.

"안 그래도 그러려던 참입니다. 여기 오래 있어봤자, 골치 아픈 일에 휘말릴 게 분명하지요."

"잘 아는군."

"소관에게 눈치를 빼면 아무것도 남지 않습니다."

아마도 지금쯤이면, 심양의 누군가가 날 데려가려고 오고 있을 거다.

"어쩌면 자네 친우를 오래간만에 볼 수 있을지도."

"예? 그게 무슨 말씀입니까?"

"아닐세, 하던 일이나 마저 하게."

수병들과 항구의 노동자들이 선적 작업에 한창일 때, 먼지를 일으키며 말을 타고 달려오는 무리가 있었다.

"드디어, 올 것이 왔군."

"설마… 아까 말씀하신 게……."

"아마, 맞을 거야."

최광손이 한숨을 쉬며 기마병들을 바라볼 때쯤, 그들의 대장으로 짐작되는 자가 소리쳤다.

"상황 폐하! 소관이 모시러 왔습니다!"

역시나, 내가 짐작한 대로 저들의 책임자는 요동 절제사 남빈이었다.

전혀 예상하지 못한 곳에서 오랜 친우와 대면하게 된 최광손은 황당한 표정을 지었고.

난 선상에서 남빈을 향해 외쳤다.

"돌아가지 않을 것이다. 과인을 이곳까지 호종했던 이들이나 데려가게나."

"폐하, 어찌 황실을 두고 이역만리의 길을 떠나려 하십니까? 부디 통촉하여 주시옵소서!"

"여기서 자세한 사정을 설명하긴 힘들군. 아무튼 내 뜻은 변하지 않을 걸세. 성상과 태상황께서도 과인을 이해해 주실 테고."

남빈은 내 옆에 서 있던 최광손을 알아보았는지, 다급하게 소리쳤다.

"해사제독 대감! 날 알아보시겠소?"

"내가 어떻게 네놈의 낯짝을 잊겠냐. 그냥 전처럼 말해."

최광손의 말이 떨어지기가 무섭게 남빈은 호통을 질렀다.

"최가야! 대체 이게 뭐 하는 짓이냐? 대국의 신하 된 자로서 상황 폐하를 말리진 못할망정……."

최광손은 나를 한 번 바라보더니, 숨을 크게 내쉬고 소리쳤다.

"시끄럽고. 모시고 가려면 성지(聖旨, 칙서)를 가져와!"

남빈은 아마도 요동 절제사의 권한으로 직속 기병대만 이끌고 여기까지 왔을 거다.

내 사정을 뻔히 아는 홍위가 날 잡아 오라고 했을 리는 없겠고.

"상황 폐하, 어찌 소관을 두고 홀로 가시려 하십니까?"

그러니까… 저 말은 지옥에 혼자 남기 싫단 말로 들리네.

"이보게, 남 절제사. 자네 아들 본 지는 얼마나 되었나?"

"…십 년이 넘었습니다."

"그래? 그럼 자네도 나와 함께 가세나."

"예?"

"내가 황성에 서신을 보내 새 요동 절제사를 청할 테니, 자네는 아들을 만나러 가게나."

남빈은 내 제안을 전혀 생각해 보지도 못한 듯, 얼떨떨해 보이는 표정을 지었다.

하긴, 젊을 적부터 성실과 원리 원칙을 고수하고 살았던 그의 인생엔 내가 내민 선택지 따윈 없었을 거다.

난 남빈을 설득하려, 10분가량의 대화를 나눴고, 그는 결국 내 말에 넘어갔는지 조심스럽게 답했다.

"정말 소관이 그래도 되겠습니까?"

"그래."

원역사의 남빈은 남이가 어릴 적에 불의의 사고로 목숨을 잃었다.

하지만, 그러기 전에 나와 엮인 탓인지 장수한 것도 모자라, 지금은 조선을 대표하는 중견급 장수 중 한 명으로 성장했지.

"해사제독, 승객이 한 명 더 늘어도 괜찮겠나?"

상황을 지켜본 최광손은 웃으며 내게 답했다.

"상황 폐하의 부탁이라면 어쩔 수 없지요."

남빈은 갑주를 입은 채, 배 위로 올랐고 그의 수하들은 지금의 상황이 믿기지 않는지 남빈에게 무언가를 이야기하기 시작했다.

생각해 보면, 원역사의 최광손 역시 용천군사를 지낸 것이 전부일 정도로 한미한 삶을 지냈고.

그의 아들인 최계한은 수양 놈에게 반기를 들려다 적발당해 통천 최가는 몰살을 당하다시피 했다.

그런데, 지금은 남빈과 최광손 둘 다 나와 함께 성장하며 전쟁터에서 공을 세웠고, 두 가문은 무가 중에서도 가장 명문으로 취급받고 있었다.

난 앞으로도 나와 전성기를 함께한 이들과 같이 지내는 것도 나쁘지 않겠다는 생각이 들었고.

이제부터 모든 것이 새로 시작된다는 기분마저 들었다.

남빈의 수하들과 더불어 나를 호종했던 수행원들은 내 서신을 가지고 심양으로 귀환했고.

남빈은 졸지에 재회한 친구와 할 이야기가 많은지 어디론가 향했다.

이윽고 광무함이 뱃고동 소리와 함께 해삼위에서 출항하며 나의 새로운 여정이 시작되었다.

제4장
신주

상황 광무제 이향이 북해를 지나 신대륙에 도착할 무렵, 심양에선 두 거인이 만나고 있었다.

조선의 태상황 세종과 티무르의 전대 군주 울루그 벡 미르자의 역사적 만남이 실현된 것이었다.

둘의 삶은 공통점이 많았다.

더없이 뛰어난 장수이자, 개국 시조인 조부를 두고 있었고.

장남이 아닌 아버지가 조부의 뒤를 이어 악화됐던 명나라와의 관계를 회복시키고 혼란스러웠던 나라를 안정시킨 점도 비슷했으며.

무엇보다 본인들은 나이대마저 비슷한 데다 뛰어난 현군이자 학자라는 점에서 똑같이 닮았다. 상황이 조금 다르긴 하나, 그들의 아들인 수양과 압둘이 반란을 일으킨 것까지 고려하면 둘의 인생 여정은 정말 흡사하다 할 수 있었다.

"심양에 오신 것을 환영합니다."

"환대에 감사드립니다."

태상황이 매끄러운 발음의 회회어로 인사하자, 울루그 벡은 되레 유창한 조선말로 답했다.

수행원과 역관들은 둘의 뛰어난 어휘에 놀랐지만, 정작 인사를 주고받은 당사자들은 아무렇지도 않게 이야길 이어갔다.

"샤께선 우리말이 능하시군요."

"예전에 신 공에게 잠시 배웠던 것을 잊지 않고 있었을 뿐입니다. 그리고… 아들에게 보위를 물려주었으니, 샤라는 호칭은 거두어주시지요."

"으음, 물러나셨다 해도 일국의 군주셨던 분을 제 마음대로 부를 수 없는 법이지요."

"물러난 마당에 호칭이 무슨 상관이겠습니까."

"귀국의 옛 법도를 따라 아미르라고 부르겠습니다."

본래 아미르라는 호칭은 태조 티무르의 직책 중 하나였지만, 지금에 와선 칸처럼 위대한 군주를 지칭하는 단어이기도 했다.

그런 유서 깊은 칭호를 태상황에게 듣게 된 울루그 벡은 사양하려 했지만, 당사자는 아미르라는 호칭을 고수했다.

본래 울루그 벡이란 별명 역시 아미르를 회회어로 번역한 단어였으니, 태상황이 정한 호칭 역시 티무르의 법도에 어긋나지 않은 셈이었다.

"저같이 아둔한 이를 이리 대해주시니, 부끄러울 따름입니다."

"현명하신 아미르께서 아둔하다 자책하시면, 학자 대부분이 통탄할 겁니다."

"그건 그렇고, 일전에 조선에서 표준시를 제정했다는 소식을 들었었는데……. 그것에 대해 여쭙고 싶습니다."

천생이 학자인 울루그 벡답게 대화 주제는 자연스럽게 천문과 시간에 대한 방향으로 이어졌다.

"그러고 보니, 귀국의 수도에도 거대한 천문대가 있다고 들었습니다."

"예, 그렇지요."

본래 티무르의 역법과 천문학은 조선의 칠정산 역법에도 큰 영향을 끼친 데다, 울루그 벡 본인은 태양의 경도를 즉석에서 암산해 도출 가능한 천재적인 천문학자였다.

또한 태상황 세종 역시 조선만의 독자적인 천문대인 간의대와 더불어 수많은 관측기구를 고안하고 만들었던 이였기에 둘의 이야기는 순식간에 범인들이 따라갈 수 없는 영역에 도

달했다.

세종과 울루그 벡은 처음 만나긴 했지만, 예전부터 서로의 명성을 들어 남몰래 흠모했었고.

이슬람의 군주이긴 하지만, 조선과 교류를 거치며 개방적인 성향을 띠게 된 울루그 벡은 조선의 실학에도 조예가 깊었으며, 이는 티무르의 주요 학문이었던 논리학의 발전에도 영향을 미쳤다.

그런 둘이 직접 만나고 나니, 소문이 오히려 서로의 대단함을 전혀 표현하지 못했다는 사실을 확인하게 되었다.

결국 세종과 울루그 벡은 둘도 없는 친구가 되었고, 태상황은 새 친우를 극진히 대접해 새로운 처소 겸 예배당마저 짓게 했다.

둘은 식사를 하는 와중에도 학문적 토론을 이어갔고, 그들의 대화를 따라갈 수 없었던 관료들과 수행원들, 그리고 역관들은 그저 멍하니 바라볼 뿐이었다.

"그러고 보니, 아미르께서도 정정하기 그지없으시군요."

"이게 다, 귀국 덕분입니다."

"그래요?"

"예, 아시겠지만, 아국의 어의들은 누구나 할 것 없이 조선에 유학을 다녀오지요. 그들이 배워 온 식의학과 양생법 덕에 문약하던 제가 이리도 강건해질 수 있었습니다.".

울루그 벡은 어릴 적부터 학문에 집중하느라 자신의 몸을 잘 돌보지 않았다.

그러나 어의들과 더불어 효심이 깊은 둘째 아들이자, 티무르 현 군주의 등쌀 덕에 강제로 건강해진 것이었다.

처형된 맏형의 뒤를 이어 후계자가 된 아지즈는 광무제 이향이 강제로 태상황을 단련케 했었다는 이야길 전해 듣자.

아버지께서 좋아하시는 학문의 끝을 보려면 건강해서 장수하셔야 한다며 효심에서 우러난 잔소리를 퍼부었던 것이다.

결국 어의와 아들의 강권에 못 이긴 울루그 벡은 늦은 나이에 운동을 시작했고, 본인은 학자긴 하지만 무장이었던 조부의 피가 뒤늦게나마 깨어나 체질 개선을 할 수 있었다.

태상황 역시, 같은 과정을 겪었기에 그의 이야길 들으며 공감한다는 표정을 지었다.

"무릇 학자라면 당장 눈앞의 성과를 보기 위해 몸을 혹사하며 조급해할 게 아니라, 더 멀리 봐야 하는 법이지요."

"맞습니다. 그래서 아국의 학자들도 억지로나마 단련을 시키고 있어요."

"예, 무릇 관료들이란 튼튼해야 오래오래 부릴 수 있지요."

티무르의 집현전이나 다름없는 마드라사의 학자들은 언젠가부터 규칙적인 생활과 더불어 강제로 운동을 해야 했다.

이는 울루그 벡이 직접 경험한 것과 더불어 조선의 문관들이 어려서부터 육예를 익혀 문무를 겸비한다는 점에서 영향을 받은 것이기도 했다.

결국 둘은 각자가 알고 있는 용인술, 즉 관료들을 골수까지 뽑아서 부리는 법을 이야기하며 각자의 비결을 공유하기까지 이르렀다.

"으음, 그건 저도 생각해 보지 못했던 건데, 효과가 있을 듯합니다."

세종이 울루그 벡만의 비결에 감탄하자, 그는 아쉬운 표정을 지으며 이야길 이어갔다.

"그건 그렇고, 상황께서 이곳에 계시지 않은 게 조금 아쉽긴 하군요."

"으음……. 사실 저도 그렇습니다. 두고두고 우려내고 싶……. 말이 헛나왔군요. 아무튼, 말년을 같이 보내고 싶었는데 아쉽기 그지없습니다."

"하지만, 상황과 신 공 덕에 제가 태상황을 만나게 되었으니, 그거야말로 신의 뜻이 아니겠습니까."

"듣고 보니, 우리가 이렇게 만난 건 상황의 공덕이로군요."

그렇게 시대를 풍미한 두 거인이 심양에서 의기투합했고, 심양엔 새로운 학교가 세워졌다.

양국 교육기관의 장점만 따서 설립된 학교는 대학으로 명명되었고.

그곳의 초대 총장은 울루그 벡과 세종이 공동으로 담당하게 되었으며, 심양이 학문의 중심지로 탈바꿈되는 순간이기도 했다.

*   *   *

한편, 조선의 현 황제인 천순제 이홍위는 선황 광무제가 신대륙을 향해 떠났다는 장계를 받았고.

이는 조보와 더불어 입소문을 통해서 조선 전역에 널리 알려졌다.

선황이 조선을 떠났다는 충격적인 소식을 접한 지방의 유생들은 누구라고 할 것 없이 본국으로 모셔 와야 한다며 상소를 올려 황제의 업무가 마비될 지경에 달했다.

"상선, 같은 내용의 상소라면 더 들이지 말게나."

황제의 집무실인 천추전으로 상소가 담긴 대차를 끌고 오던 김처선은 천순제의 말에 고개를 숙이며 답했다.

"폐하. 아뢰옵기 황송하오나, 조만간 지방의 학사들이 한성으로 상경할 것이란 풍문이 돌고 있사옵니다."

"그게 정말인가?"

"신이 소식을 듣고 재차 파악한 바론, 거의 확실한 정보입니다."

"지방의 학사들이라 하면 어떤 부류들인가?"

"신이 확인한 바론, 한때 사대부를 자칭했던 부류들이 대부분이옵니다."

"으음, 그런가……."

"그들을 어찌하시겠습니까?"

"일단은 두고 보겠다."

"하오나, 그들은 아국에 불만을 품고 있는 이들이옵니다. 자칫하면 사특한 짓을 벌일 수 있사옵니다."

"짐도 나름대로 생각한 바가 있으니, 도승지를 불러 관원들에게도 짐의 뜻을 전하라."

"예, 삼가 황명을 받들겠사옵니다."

김처선의 말대로 불만을 품고 올라오는 이들은 사대부의 자격을 잃은 이들이었다.

본래 조선의 기존 체계에선 생원과 진사를 뽑는 소과에 합격하면 삼 대에 걸쳐 사대부이자 양반의 자격을 부여했었다.

그러나 개혁을 거쳐 변화한 지금에 와선, 사대부란 대과를 통과하고 외직을 거쳐 고된 관료 생활을 하는 이들에게만 주어지는 칭호이자 특권이 되었다.

또한 그렇게 특권을 얻은 사대부들 역시, 자신에게 자부심을 가지고 생활했고.

체계적인 법 제도와 더불어 기관별로 상호 감찰제도마저

잘 정비된 데다, 관료들에게 높은 녹봉을 지급하는 지금의 조선에선 비리가 발붙이기 힘든 체계가 되었다.

사회가 전반적으로 변화하자, 생원과 진사라는 자격에 힘입어 지방에서 토호 노릇을 하던 이들에게도 변화가 생겼다.

그들이 가지고 있던 신분적 특권은 박탈되었고, 일개 양인으로 격하된 것이었다.

빠르게 바뀐 현실에 적응한 이들은 출사에 뜻을 두고 새로운 학문을 닦거나, 사업에 뛰어들었고.

달라진 사회에 적응하지 못한 채 살아가던 이들은 혹독한 대가를 치렀다.

양인 대다수가 소학당에서 정음을 배운 데다, 풍속서관과 조보를 통해 세상 돌아가는 물정도 깨우쳤고.

개중엔 법을 공부해 송사를 대행하는 새로운 직업으로 나서는 이들마저 다수 생기는 처지였다.

결정적으로 농사를 짓는 사람만이 농지를 소유할 수 있다는 경자유전(耕者有田)의 원칙이 집행되자.

토호들과 더불어 유지의 근간이었던 농지마저 쓸모없는 땅이 되고 말았던 것이다.

충분한 녹봉을 받는 사대부들은 국법을 지키기 위해 농지를 처분한 상황이었고.

그런 상황에서 토호와 유지들이 조정에 상소를 올려 불만을 표하려 해도, 상대가 바로 광무제였다.

조선 땅에서 감히 광무제에게 도전할 만큼의 배짱을 가진 토호는 없었던 것이다. 결국 시대에 적응하지 못한 채 몰락한 토호들과 유지들은 잔반(殘班)이라 불리며 그들이 무시하던 양인들과 동등한 처지가 되었다.

세를 잃고 몰락한 이들이 숨죽이고 지내던 어느 날, 광무제가 상황으로 물러나고 태자 이홍위가 즉위하자 그들은 약간의 희망을 품었다.

젊은 황제가 그들의 말에 귀 기울여 주지 않을까 하는 실낱같은 희망. 그런 상황에서 상황이 신대륙으로 떠났다는 소식이 들려오자, 그들은 직감했다. 전통적인 명분을 거스르지도 않으면서도 그들의 목소리를 합법적으로 낼 기회가 왔음을.

"폐하! 부디 상황을 황실로 모시옵소서."

"부디 통촉하여 주시옵소서!"

한성과 가까운 지방의 잔반들은 궁궐 앞에 먼저 모여 연명 상소를 올리는 동시에 시위에 들어갔다.

몇몇 잔반들은 자신의 자리 앞에 도끼를 가져다 놓고 비장한 표정을 지으며, 전조 고려의 대신 우탁(禹倬)의 일화인 지부복궐상소(持斧伏闕上疏)를 흉내 내고 있었다.

"폐하! 신이 말이 그르다면, 이 도끼로 신의 목을 치소서!"

"폐하! 맹자께서 말씀하시길, 무릇 신하 된 자들은 신하의 예를 갖춤에 앞서서 도와 의에 따라야 한다고 하였사옵니다."

"성상께선 불측하게도 신하의 예와 충의를 저버린 이들을 내치시옵소서!"

잔반들은 상황을 빌미로 삼아 현직 사대부들을 공격하는 동시에 소외되었던 자신들의 발언권을 가져오려 한 것이다.

처음엔 수십이 모였던 연명 상소의 행렬은 몰락한 잔반들이 모여 수천이 되었고.

한 달이 지나자, 만 명이 넘어 육조 거리를 점거하다시피 했다. 조선 역사상 최초로 만인소(萬人疏)가 결성된 순간이기도 했다.

"부디 통촉하여 주시옵소서!"

"폐하, 부디 신들의 충언을 들어주시옵소서!"

한편, 한성부의 관원들과 병사들은 윗선에서 지시받은 대로 지켜만 보았고.

집회법대로 해가 진 후엔 그들이 떠들지 못하게 하는 데만 주력했다.

잔반들의 공격 대상인 조정의 대소신료들은 그들에게 별다른 반응조차 보이지 않았다.

간혹 그들의 곁을 지나가다 야유를 들어도 그저 무시할 뿐이었다.

"이보게! 여기 주문받게나!"

"예이, 예이. 뭐로 드시겠습니까?"

"화육잔반(火肉盞飯)으로 하지."

이번 시위로 말미암아 생각지도 못했던 대목을 잡은 상인은 호리박을 반으로 잘라 만든 그릇에 몇 종류의 반찬을 얹은 밥을 팔고 있었다.

"나리, 여기 있습니다."

상인에게 불고기가 얹어진 밥을 받은 잔반은 소매 춤에서 돈을 꺼내 내밀었다.

"잔돈은 되었네."

"어이쿠, 감사합니다요."

근래 강 건너 노들나루, 지금은 노량진으로 불리는 곳엔 국가 공인 노비 지망생들이 모여 사는 고시촌(考試村)이 생겼다.

그곳은 국가 공인 교육기관 성균관을 중심으로 형성된 반촌(泮村)과 사뭇 분위기가 달랐다.

몰려드는 인구로 인해 강북의 땅값이 나날이 비싸지자, 상대적으로 지가가 저렴한 강남 쪽에 입시용 학문을 가르치는 학당과 학원이 생겼고.

그곳에 몰려든 학사나 유생들에게 세를 받고 숙식을 책임지는 민간인들 덕에 형성된 마을이 고시촌이었던 것이었다.

그와 더불어 학사들을 상대로 한 먹거리도 성업했고, 최근엔 잔에 담긴 밥, 즉 잔반(盞飯)이란 음식이 유행하고 있었다.

잔반은 가격도 저렴한 데다, 간편하게 먹을 수 있어 고시촌에서 선풍적인 인기를 끌었다.

노량진에서 강을 건너온 노점상들은 몰락한 잔반(殘班)들이 모여 잔반을 먹는 모습을 보며 속으로 실소하긴 했지만, 그들에겐 귀중한 손님들이니 극진하게 예를 갖추었다.

시위 중이던 잔반들은 양인들이 자신들에게 예를 갖추는 모습을 보며, 버릇없는 요즘 양인들과는 다르다며 만족감을 표하기도 했다.

결국 시간이 흘러 만인소에 이름을 올린 이들이 모두 모이자, 두문불출하고 있던 천순제 이홍위가 모습을 드러냈다.

철갑으로 중무장한 금군을 대동한 천순제의 모습에 잔반들은 긴장했지만, 의외의 대답이 떨어졌다.

"짐은 조부이신 태상황께서 누누이 강조하신 삼강오륜, 그 중에서 충효의 가치를 잘 아는 이들이 한데 모여 충언을 올리는 것이 기쁘기 그지없노라."

천순제의 하교가 떨어지자, 모여 있던 잔반들은 그들의 뜻이 받아들여졌다 여기며 일제히 고개를 숙였다.

"황은이 망극하옵니다—!"

"그리고 선황 폐하를 이리 지극히 생각하며 충성을 다하는 이들이 이리도 많은 것은 성군이셨던 선황의 치세를 그리워하는 이들이 많았음을 방증하는바."

광무제의 치세하에 철저히 몰락하고 소외당하였던 잔반들은 천순제의 말에 질겁했지만, 속내를 숨긴 채 충신을 가장하며 고개를 숙였다.

"하여, 짐은 만고의 충신인 그대들이 원하는 바를 이루어주려 하네."

이제부터가 시작이라 느낀 잔반들은 마음속으로 환호하며 크게 외쳤다.

"황은이 망극하옵니다!"

"그래, 이제 그대들이 그토록 바라던 대로 선황 폐하를 모실 수 있게 바다 건너로 보내주겠네."

천순제의 대답에 환희하던 잔반들은 어안이 벙벙해졌고, 궐 앞은 이내 소란스러워졌다.

"폐하! 신들이 바란 것은—!"

잔반들의 아우성과도 같은 외침은 천순제의 우렁찬 고함에 파묻히듯 사그라들었다.

"듣거라! 선황 폐하를 잊지 못하고 모인 충신들에게 그분을 모실 기회를 주겠다는 것이다!"

천순제의 말이 끝남과 동시에 금군인 내금위와 겸사복, 그리고 가별초가 광장을 점거하고 있던 잔반 일동을 감싸듯이 움직이기 시작했다.

대부분 시골에서 지내며 황실 친위대를 접할 기회가 없었던 그들은 소문으로만 듣던 금군의 위용에 놀라 위축되었다.

"폐하! 어찌 신들을 힘으로 몰아내려 하십니까?"

"짐은 그대들이 바란 대로 민원을 처리할 뿐이로다. 짐의 결정에 이의가 있는가?"

"하오나 폐하!"

"내 그대들의 충심은 길이길이 잊지 않겠네."

그렇게 신대륙에 왕부를 세우려고 하는 광무제 이향에겐 수많은 노예가 생기게 되었고.

천순제는 즉위와 동시에 조정에 불만을 품고 있던 이들을 일거에 처리하는 데 성공했다.

*   *   *

내가 승선 중인 광무함이 알래스카 연안에 진입할 무렵, 무언가 거대한 물체들이 빠른 속도로 유빙을 가르며 접근했다.

노천갑판 위의 수병들은 그것의 접근을 보지 못한 것인지 태연하게 행동했고, 난 다급하게 외쳤다.

"제독! 우현에 괴물체가 접근 중이네."

전함의 최후방이자, 선장실이 있는 선미루 윗갑판에 올라가 있던 최광손이 내가 가리킨 방향을 보곤 답했다.

"상황 폐하, 저것들은 우리와 안면이 있는 사이니, 염려하지 않으셔도 됩니다."

최광손의 태연한 대답에 어이가 없었다.

"그게 대체 무슨 소린가."

"으음……. 일전에 장계로 고래에 대한 것을 적어 올렸었는데, 기억나지 않으십니까?"

선미루에서 내려온 최광손의 말이 끝나기가 무섭게, 엔간한 범선과 맞먹을 만한 크기의 흰고래가 수면으로 올라와 물을 뿜어댔다.

그 순간, 공교롭게도 바람이 우리 쪽으로 불어와 나와 최광손은 졸지에 고래가 뿜어낸 물을 맞게 되었다.

"…저게 장계에 적혀 있던 북해의 군주란 영물인가."

내가 정장 상의 주머니에서 손수건을 꺼내 얼굴을 닦아내며 말하자, 최광손은 넉살 좋게 웃으며 답했다.

"예. 소관과 오래간만에 재회해서 그런지, 환영 인사가 격한 듯싶습니다. 백경이 상황 폐하께 무례를 저지른 것은 소관이 대신 사죄의 말씀 올리겠습니다."

난 최광손의 뻔뻔스러운 대답에 피식 웃으며 답했다.

"뭐, 저쪽도 명색이 군주인 몸이고, 이런 상황에서 외교적 문제를 일으키고 싶지 않으니 참겠네."

"그래 주시겠습니까?"

항해 동안 나와 부쩍 가까워진 최광손은 내 말이 우스운지, 한참을 웃었다.

그는 오래간만에 만난 백경이 반가운지, 손을 흔들며 눈을 마주쳤고, 백경도 거대한 몸통을 움직여 그를 환영하는 듯 보였다.

그리고 난 사전에 저장된 영상이나 사진이 아닌, 고래의 실물을 처음으로 접하게 되었다.

허먼 멜빌(Herman Melville)의 소설 모비 딕, 즉 백경에나 나올 법한 거대한 백색 향유고래의 자태는 실로 장엄하기까지 했고.

주둥이와 머리 부분은 세월의 흔적인지, 크고 작은 흉터가 무수히 나 있었다.

뒤이어 열 마리가량의 향유고래가 거대한 백경을 따라 수면으로 부상해 물을 뿜었다.

고래 무리를 보니, 나도 모르게 미래의 전략 병기인 잠수함이 떠올랐지만, 이내 머릿속에서 지우고 최광손에게 물었다.

"내가 받았던 장계에선 백경이 무리를 잃고 홀로 남았다고 봤던 것 같은데."

"짐작건대, 다른 고래 무리의 우두머리가 된 듯합니다. 마지막으로 봤을 때보다 몇 마리가 더 늘었군요."

"그런가."

선창 아래에 있던 남빈은 뒤늦게나마, 백경을 인지했는지 노천갑판으로 올라와 입을 벌리고 고래 무리를 관찰했다.

"최가야, 저게 대체 뭐냐?"

"하, 이 육지 촌놈 같으니라고. 북해의 군주도 모르냐?"

"모른다."

"고래가 뭔지는 알고?"

"네놈은 날 바보 천치로 아는 게냐? 고래를 모르는 사람이 어딨어."

"그게 고래를 눈앞에 두고 뭐냐고 묻는 놈이 할 말이냐?"

"…저게 고래라고? 고래라는 게 저리도 거대한 거였나?"

"이러다 대왕고래하고 마주치면 기절을 하겠구만. 이래서 육지 촌놈은 안 된다니까……"

최광손이 남빈을 타박하자, 남빈이 콧방귀를 뀌며 답했다.

"참나, 그러는 네놈이 처음으로 배를 타게 되었을 때, 서신으로 뭐라고 했는지 잊었냐?"

"…기억 안 난다."

"기억이 안 나는 게 아니라, 상황 폐하께서 곁에 계시니까 못 하는 거겠지."

"나도 그 이야기가 궁금한데, 해보거나."

"예, 최가 놈이 처음 배에 올랐을 때……"

"야! 이상한 이야기 하면 바닷속에 처박아 버린다!"

"어허, 어디서 버르장머리 없이 윗전에 올리는 말을 끊어.

조정에 알려지면 탄핵감인 거 모르냐?"

남빈은 배에 오르고 나서 최광손과 떨어져 지낸 기간 동안 서먹했던 사이를 회복한 듯 보였고.

요즘은 내가 보았던 엄격하고 진중한 모습 대신, 감춰져 있던 면모들을 보여주고 있었다.

"제독은 조용히 하고, 자넨 계속해 보게나."

"예. 글쎄, 저놈이 유구국에 처음 다녀왔을 때만 해도 소관에게 서신에 적어 보내길, 배가 가라앉을 것 같아 무섭다는 말로 시작해서, 자신은 배에 탈 사람이 아니고 자신의 적성에 맞는 기병대로 돌아가고 싶다고 어찌나 떼를 쓰던지 보는 제가 다 괴로울 지경이었습니다."

"허어……. 제독이 예전엔 그랬었단 말이지?"

"상황 폐하, 그건……."

최광손이 뭐라고 항변하기도 전에 남빈은 잽싸게 이야길 이어갔다.

"그뿐만이 아닙니다. 그 후로도 왔던 서신 내용 역시 모두 비슷했고, 소관이 마지막으로 받았던 서신의 내용이 걸작이었습니다."

"뭐라고 적혀 있던가?"

"저놈이 서역에 가기 전에 바다 생활에서 느낀 심정을 적었는데, 그것이 다른 의미로 주옥과도 같았사옵니다."

"야! 그건―."

최광손이 살기 어린 표정으로 남빈을 바라보았지만, 남빈은 아랑곳하지 않고 말을 이어갔다.

"주옥(珠玉), 족가고인내(足家苦人耐), 시벌(施罰), 시발(始發)…….그 외에도 여러 천박한 욕설을 시처럼 제게 적어 보냈사옵니다."

"허어, 자넨 성 대감이 그리도 원망스러웠던가?"

애초에 그를 뱃사람으로 만든 건 내가 아니라 성삼문이였다.

그의 주옥과도 같은 성과를 보고 내가 원정 함대의 지휘관인 해사제독으로 임명하긴 했지만.

"그것이… 소관이 당시엔 바다에 적응하지 못해서…….."

"어이쿠, 제독 대감. 그건 비겁한 변명입니다!"

남빈은 최광손에게 육지 촌놈이라고 불린 것에 대한 복수를 톡톡히 해냈고.

광무함의 수병들은 우리가 하는 이야기를 듣곤, 자지러지게 웃고 있었다.

"제독, 그건 그렇고. 여기서 신주성까지 얼마나 남았나?"

최광손은 민망해 보이는 표정을 가까스로 수습하고 진지하게 답했다.

"그간의 경험으로 짐작건대, 석 달 정도 걸릴 듯합니다."

"으음, 보급과 정비를 위해 아누국에 머무는 시간까지 고려하면 보름가량이 더 걸리겠군."

"예."

"알겠네."

백경이 이끄는 고래 무리는 광무함을 호위하듯 함께 움직였고, 난 그 광경을 감상하며 주변을 둘러보았다.

최광손과 남빈은 선미루로 올라가 방금 했던 이야길 가지고 아웅다웅하고 있었으며.

선장실에 있던 내 아내들, 태후 권씨와 귀비 양씨가 최광손의 애완 캥거루 적록과 함께 나와 고래 무리를 구경했다.

"세상엔 별의별 것이 다 있군요. 소첩은 저리도 큰 고래가 있을 거라곤 상상도 못 해봤습니다."

고래를 신기하게 바라보는 태후와는 다르게, 캥거루는 처음 보는 고래에 겁을 먹었는지 움츠러든 듯한 자세를 취했다.

최광손이 적록에게 입혀둔 털외투 때문인지, 밀면 그대로 굴러갈 듯한 둥글둥글한 자세가 못내 우스꽝스러웠다.

태후가 적록의 모습을 보고 웃음을 터뜨리는 사이, 귀비 양씨가 가슴 때문에 상의가 갑갑한 듯 윗단추를 하나 끄르며 답했다.

"저기 보이는 바다도 경계를 두고 갈라진 게, 누군가 선을 그어놓은 거 같아 신기하기 그지없네요."

고래에 정신이 팔려 있던 태후는 그것을 인지하지 못했었는지, 이내 깜짝 놀란 표정을 지었지만.

난 저것이 그녀에게 이곳의 자연현상임을 알리며, 불안해하지 말라고 이야기했다.

하지만 내 생각과는 달리 그건 나와 이야기하고 싶었던 구실이었던 듯, 아내들은 곧 신이 난 표정으로 수다를 떨었다.

내명부에선 각자의 위치 덕에 별로 가깝게 지내지 못했던 둘은 항해를 거치며 자매처럼 가까워진 듯 보였고, 가끔은 둘 사이에서 내가 소외당하는 느낌이 들 때도 있었다.

고래 무리의 호위를 받은 지 사흘이 지나자 광무함은 아누국의 항구에 도착했다.

백경은 자신의 동행은 여기까지라고 말하는 듯, 물속으로 잠수하며 꼬리를 흔들었고.

노천갑판에 올라와 있던 선임 수병들과 무관, 그리고 최광손은 오랜 친구에게 인사를 보냈다.

"상황 폐하, 아누국에 도착했습니다."

항구 주변을 둘러보니, 내가 생각한 것보단 발전한 모습이었다.

아국에서 수송해 온 석탄을 난방으로 쓰는지, 연기가 올라오는 굴뚝이 여럿 보였고.

관사나 기관으로 추정되는 건물들도 여럿 보였다.

"그래, 듣던 것보단 좋은 곳이로군."

"여름엔 해가 지지 않고, 겨울엔 해가 거의 뜨지 않는 것만 제외하면 그런 편이지요."

최광손은 백야(白夜)와 극야(極夜) 시기를 이야기하는 듯했다.

"최가야, 그 현상은 여기뿐만 아니라 화령 이북의 지방에서
도 생긴다. 나도 직접 본 적이 있는데 뭐가 그리 잘난 듯 굴어?"

남빈이 핀잔하듯 최광손에게 타박하자, 그는 머리를 긁으며
답했다.

"어, 그러냐?"

"그래, 별것도 아닌 거 가지고 잘난 척하긴."

남빈의 말대로 현 예조참의 김시습이 흑룡성에서 근무할
당시, 사하 지방을 탐사하는 데 성공했고, 그곳에 머물며 풍습
과 기후 등 여러 가지를 기록으로 남겼다.

그의 경험담은 흑룡생존기라는 이름의 서적으로 출간되었
기에, 극야나 백야 같은 자연현상은 조선에도 널리 알려지게
되었다.

김시습의 후임으로 부임한 이들은 사하의 주민들과 교류를
이어가며 아국의 신민으로 받아들이는 교화 작업에 열중하고
있기도 하다.

요동 절제사였던 남빈도 그 과정에서 임무차 파병을 나간
적이 있는 듯하고.

아마 지금 같은 추세면 50년 이내에 사하 동쪽과 더불어
동시베리아가 조선의 영역으로 완전히 자리 잡게 될 거다.

알타이산맥과 바이칼호 부근에 자리 잡은 오이라트, 지금은 동방정교국도 시베리아 서쪽을 그들의 영토로 만들기 위해 노력 중일 테지.

사실 따지고 보면 지금 그쪽은 별로 쓸모없는 동토일 뿐이지만, 미리 영역을 넓혀둔다고 해서 나쁠 것은 없으니까.

그건 그렇고, 러시아의 전신인 모스크바 공국이 사라지고 오이라트에 흡수되었으니, 앞으로 역사가 어떻게 흘러가게 될지는 내 머리로도 예측이 안 된다.

그래도 확실하게 예측할 수 있는 것 중 하나는, 조선이 패권국으로 올라설 토대가 전부 마련되었고.

내가 앞으로 할 일도 거기에 연관이 있다는 거지.

최광손과 난, 아누국의 국왕에게 환대를 받으며 손님으로 보름가량을 머물렀고, 보급과 정비를 마치고 미주의 신주성으로 항해를 재개했다.

배가 남쪽으로 향할수록 점점 날씨가 따뜻해지는 것을 몸으로 체감할 수 있었고, 우린 어느새 두꺼운 털옷을 벗은 채 따뜻한 해풍을 즐길 수 있었다.

최광손의 말대로 석 달에 거친 항해 끝에 우린 신주성에 도착했고.

난 그곳의 항구에서 신주성의 목사 권람과 대면하게 되었다.

권람은 내가 입고 있는 정장과 모자가 생소한지, 날 알아보지 못한 듯했다.

"제독 대감, 원정 함대는 어찌하고 광무함만 이끌고 여기까
지 오셨습니까?"

"귀하신 분을 호종하러 온 것이네."

"귀하신 분이요? 대체 누굴 모시고 오셨습니까?"

권람이 일행을 조심스럽게 둘러보기에 내가 나섰다.

"제독, 내가 직접 말하지."

"예."

"그대가 신주성의 목사 권람인가?"

"예? 그렇습니다. 귀인께선 뉘신지 제가 여쭈어도 되겠습니
까?"

모자를 올려서 얼굴을 보여주었는데도 반응이 없는 걸 보
니, 권람은 내 얼굴을 직접 본 적이 없었나 보다.

하긴, 내가 예전에 알아본바, 권람은 평생을 한량처럼 전국
을 떠돌았었고.

시전을 어지럽히던 주먹 패 도계와 얽혀서 유배 가듯 해삼
위의 권농관으로 부임했었으니 그럴 법도 하군.

"난 상황이네."

"예? 그게 무슨 말씀이십니까? 상황이라니요?"

거리가 좀 있다 보니, 내가 상황으로 물러난 소식도 여기까
지 전해지지 않았나 보다.

"그 말은 내가 대칸이자, 조선국의 황제였단 뜻이지."

"서… 설마……?"

"그래."

"신이 감히 성상을 몰라뵙고 죽을죄를 지었사옵니다!"

권람은 다급하게 흙바닥에 꿇어앉아 절을 올렸고, 이마를 땅에 박은 채 몸을 떨었다.

"난 이제 보위에서 물러난 몸이니, 성상이라고 부르면 안 되네. 그리고 내게 신이라고 칭해서도 안 되고. 자넨 어디까지나 한성에 계신 성상의 신하지. 나의 신하가 아니니까."

"며… 명심하겠습니다."

"그건 그렇고, 이곳이 참 마음에 드는군. 내가 생각한 것 이상으로 항구의 규모도 크고, 사람도 많아. 역시, 장계로 보는 것과는 다르군. 그간 자네의 노고가 컸으리라 짐작되네."

"화… 황송하옵니다."

샌프란시스코, 지금은 신주성이라 불리는 이곳은 한때 일개 기항지나 다름없는 거점이었지만, 북쪽에서 금맥이 발견되고 새로운 목사로 부임한 권람의 선정 덕에 이만큼 발전한 것으로 알고 있다.

여길 이제부터 나라의 거점으로 키우는 게 내가 해야 할 일이고.

"앞으로 자네완 할 이야기도 많고, 일도 많겠군."

"상황 폐하께서 소관에게 용무가 있으십니까?"

"그래, 난 이 땅에 왕부를 세우러 왔네. 자넨 당분간, 아니지. 앞으로 계속 내 수족 노릇을 해줘야겠네."

"예?"

권람은 내 말이 너무나도 기뻤는지, 순간 균형을 잃고 주저앉고 말았다. 남빈은 그 모습이 내심 우스운지 고개를 돌렸고, 최광손은 자신의 직급을 이용해 아예 대놓고 낄낄대고 있었다.

남빈은 당장 아들을 만나러 갈 생각에 들떠 있는지, 저게 자신의 미래가 될 거란 생각은 못 하고 있나 보다.

그건 최광손 역시 마찬가지인데.

아무튼 이 드넓은 대지를 개척하고 나라를 세울 생각을 하니, 그간 각종 연구와 공무에 치여 받았던 스트레스마저 죄다 날아가는 기분이 든다.

이제부터가 인생의 2막이로군.

*　　　　　*　　　　　*

"당장은 생각했던 것만큼 할 일이 많지는 않군."

내가 신주성의 관사에서 문건들을 훑어보며 말하자, 불안한 표정으로 날 지켜보던 권람이 답했다.

"예, 아무래도 요즘은 이곳을 거쳐 내륙으로 들어가는 이주민들이 많다 보니… 그들의 신분을 확인하는 작업이 주를 이루고 있습니다."

그 말은 동쪽으로 갈수록 무법 지대로 변해가고 있다는 말과 비슷하겠군.

"선주민들을 교화하는 일은 어찌 되어가고 있는가?"

"그게, 생각처럼 쉽진 않사옵니다."

"어떤 면에서?"

"소관이 파악한바, 저들은 아국의 신민들을 무서워하고 있사옵니다. 게다가 쓰는 말부터 통일되지 않았고, 치세의 개념도 본국과는 다르옵니다."

하긴, 사전에서 보니 미래에 남아 있는 원주민 언어의 종류만 해도 백 개가 넘는다고 봤었다.

유럽인들의 진출이 이뤄지지 않은 상황에선, 수백… 아니, 어쩌면 수천의 부족들이 미주에서 살고 있겠지.

미주의 북쪽, 즉 캐나다 일대는 내가 안배한 대로 니히쏘 부족이 원주민 국가를 형성해 조선의 산하 조공국으로 편입이 예정되었다. 그 과정에서 말과 마차란 운송 수단이 생겨 동쪽 해안까지 영역을 넓혀가고 있다고 들었다.

내가 생각에 잠겨 있자, 권람이 말을 이어갔다.

"일단 신주성 근방의 선주민들만 해도, 소수를 제외하곤 아국의 이주민이나 병사들을 피해 다른 곳으로 이주한 상황이옵니다."

"그건 소가성의 영향인가?"

소가성(沙加城)이라는 곳은 전자사전의 지도에서 새크라멘토(Sacramento)라 불리는 곳이자, 금광 지대를 보호하기 위해 지은 군사 요새가 자리 잡고 있다.

거기에 주둔 중인 병사만 해도 오천가량에, 앞으론 미주 왕부의 주요 거점이 될 예정이기도 하다.

"예, 그런 듯하옵니다. 그리고 듣자 하니, 산 하나만 넘어가도 쓰는 말이 다른 경우가 허다하다고 하옵니다."

"음, 선주민들이 아국의 세를 피해 이주했다……. 분명 온건한 방법만으로 나가진 않았겠군."

"예. 소가성의 축성 당시, 주변의 주민들을 힘으로 위협한 경우가 많았다고 합니다."

"저들과 무력 충돌이 벌어진 경우가 있나?"

"소관이 파악한 바론, 4차례입니다."

"거기에 대한 장계나 문건이 남아 있나?"

"잠시만 기다려 주시지요."

권람은 익숙한 손놀림으로 책장에서 관련 보고서가 담긴 서적을 찾아 내밀었다.

"으음……. 협상을 벌이려다, 습격을 당했고. 적극적으로 반격해 선주민 135명을 사살하고, 75명을 포로로 잡았다. 담당 중대장은 구문로."

간략한 첫 번째 전투 결과 보고서에 이어 두 번째 역시 비슷한 경과로 전투가 벌어졌는데, 이번엔 좀 더 상세한 내용이 적혀 있었다.

"소수의 아군이 포위당해 열세인 상황에서 중대장이 적진에 뛰어들어 맨손으로 적들을 친히 때려죽였다는 게 확인된 사실인가?"

"예, 그 전투의 지휘관도 처음 보신 문건과 동일인입니다."

"이 구문로라는 자의 용력이 대단한가 보군."

"그렇사옵니다. 소관이 알기론 전라의 능성(綾城) 출신인데, 꾀는 없으나 타고난 용력만큼은 대단하옵니다."

구문로라……. 나도 사전에서 얼핏 본 적이 있는 이름이다.

흑면장군(黑面將軍) 구문로(具文老). 실록이나 정사가 아닌 야담집에서 여진족을 상대로 공포의 대상이었다고 적혀 있었지.

흑면장군으로 불리는 이유는 얼굴에 큰 점이 있어서 생긴 별명이고. 야사가 아닌 실록에서 확인할 수 있는 건 수양 놈이 총애했고, 평안도 절제사를 지냈었단 거다.

짐작건대, 수양은 자기에게 반란을 일으켰던 이징옥 대신 써먹을 만한 무관이라고 여겼었나 보다.

"그러고 보니, 4건의 충돌 모두 구문로와 연관이 있군. 이걸 어찌 생각하는가?"

"그건… 아국의 영역을 넓히다 보면 어쩔 수 없는 상황이라 사료되옵니다."

"그래? 일단은 좀 더 살펴보고 이야기하지."

난 빠르게 관련된 문건을 훑어보곤 이야길 이어갔다.

"다른 사례들을 보니, 다른 종사관이나 중대장들은 교전을 벌이기보단, 다른 방식을 택했네."

"으음……. 그렇긴 합니다. 직접적인 충돌보단, 위협과 협상을 병행한 이들이 많지요."

"그래, 개중 몇몇 이들은 터전을 내어 준 이들에게 보상을 해주는 것도 모자라, 이주하는 이들을 목적지까지 호위해 준 경우도 있어."

"으음……. 사실 소관도 구문로에게 문제가 있으리라 짐작은 하고 있지만, 자세히 파고들기엔 인력과 시간이 모자랐습니다."

구문로 같은 이들이 필요 없는 건 아니지만, 무조건 무력으로 모든 걸 해결하려는 방식은 곤란하다.

조만간 그를 이곳으로 데려와서 사정을 듣고 처우를 결정하든지 해야겠네.

"그리고, 이곳의 선주민들에게 우두를 접종하는 안건도 지지부진한 상황이군."

"그것은… 인력이 부족해 우선순위가 밀렸사옵니다."

"아니, 그건 그대가 잘못 생각한 것이다."

"하오나, 그건……."

"잘 듣게. 이곳의 주민들은 그 어떤 외세와도 접촉 없이 수백에서 천 년 이상을 살았다고 짐작되네."

"예."

"자네도 독기와 역병의 상관관계를 알고 있겠지?"

"예, 알고 있습니다."

"따라서, 우리가 이곳에 발을 들인 순간. 우리의 몸에 적응되어 별것도 아닌 독기와 기운들이 저들에겐 치명적으로 작용할 수 있어. 그중에서 가장 심각한 것이 마마이고. 해사제독도 이곳에 도착했을 때, 잡아두었던 포로들이 역병으로 명을 달리했다고 보고했었지."

권람은 내 말을 듣고 잠시 고민하더니, 이내 답을 내놓았다.

"그럼, 저들이 우릴 기피한 이유가 저들에겐 정체 모를 역병을 무서워해서 그런 것이옵니까?"

"직접 보진 못했으니 확언할 순 없지만, 그럴 가능성도 크지. 그리고, 또 다른 문제가 있네."

"어떤 문제이옵니까?"

"거꾸로 저들의 풍토병이 우리에겐 치명적으로 작용할 수 있어. 혹시, 본토에서 못 보던 병을 앓은 이들은 없던가?"

"소관이 파악한 바론 아직 없었습니다."

내가 염려하는 것은 현 상황에서 치명적인 전염병이자 성병인 매독이고, 당장 완벽한 치료법이 없는 게 문제다.

지금 사용할 만한 항생제라고 해봐야 버드나무 껍질을 가공한 약재와 벌집에서 모으는 봉교(蜂膠, 프로폴리스)뿐인데.

매독의 특효약인 합성 항생제 페니실린만큼 극적인 효과를 기대하긴 힘들다. 이런 걸 본국에서 일일이 신경 쓰기 힘들었던 만큼, 내가 앞으로 할 일이 많아지겠네.

난 권람과 긴 시간 동안 그 외에도 여러 가지 업무에 관해 이야길 나누었다.

"본국에서 파견하는 의원을 더 늘려달라고 해야겠어."

"다음 정기선을 보낼 때, 그리 청하겠습니다. 그 외에 따로 지시하실 일이 있사옵니까?"

"그래, 자네 우두 접종은 했겠지?"

"예, 그럼 혹시……."

"그래, 근방에 남아 있는 원주민들을 만나 우두부터 접종하게 할 것이다."

내 말을 들은 권람의 낯빛이 어두워 보인다.

미주의 원주민들이야말로 조선의 신민이 될 이들인데, 그들을 편입하는 첫 번째 수단으로 우두 접종과 더불어 내가 직접 나서서 그들을 설득하려 한다.

달라지지 않은 역사 속에선 미주의 원주민들은 백인들에게 차별당하고 박해받은 것도 모자라 전염병과 더불어 수많은 학살로 인해 인구수가 급감했지.

하지만, 내가 여기 왔으니 저들의 운명은 바뀌게 될 거다.

정확한 수는 모르지만, 신주와 소가성 근방에도 소수의 부족이 남아 있을 터.

그들부터 먼저 조선의 신민으로 만들러 가야겠군.

＊　　　　＊　　　　＊

상황 광무제가 신주성 인근의 부족을 찾아다니며 본격적인 행보를 시작할 무렵.

동유럽의 조선 직할령인 살래성에는 새로운 부류의 방문자들이 늘어나고 있었다.

살래성의 본래 용도는 향신료 무역을 위한 거점인 만큼, 해마다 수많은 상인이 오갔지만, 최근엔 다른 목적을 띤 이들이 상인들을 따라오고 있었다.

"으음…… 이게 옛 그리스에서 만들었다는 조각상인가."

"예, 전하. 저들의 말로 아폴로라는 이름의 태양신을 표현한 것이라 합니다."

이제는 부쩍 늙은 티가 나는 안견이 살래왕 안평에게 고개를 숙이며 이야기하자, 조각상을 살피던 안평이 만족한 듯 고개를 끄덕였다.

"옷을 걸치지 않은 게 조금 생소하긴 해도 실로 훌륭한 작품이구나. 사람의 근골을 이리도 세심하게 표현하다니……. 정말 마음에 든다."

안평은 다소 민망할 수도 있는 남자의 성기까지 구체적으로 표현한 아폴로상을 꼼꼼히 살펴보곤 말을 이어갔다.

"이것을 가져온 상인에게 그가 원하는 만큼의 금전을 지급하거라."

"예."

"그리고, 일전에 내가 수배했던 조각가의 소식은 어찌 되었느냐?"

안견은 고개를 숙이며 답했다.

"아뢰옵기 송구하오나, 몇 년 전에 세상을 떴다고 합니다."

"허, 이런."

"송구하옵니다."

"아니다. 어찌 그런 일로 자넬 탓하겠는가. 그만 물러가게."

안평은 방 한편에 둔, 목제 조각상을 바라보았다.

거지꼴을 한 데다 봉두난발을 하고 손을 모으고 있는 어느 여인의 상.

본래는 피렌체의 예배당에 있어야 했지만, 그곳이 재정난에 빠진 덕에 살래까지 흘러 들어온 예술품이었다.

여인이 조각된 목상은 조선의 관료들이 보기엔 초라한 데다 별다른 가치를 느끼지 못했다.

하지만, 우연히 그것을 접하고 진가를 알아본 안평 덕에 목상을 가져온 상인은 가치를 인정받을 수 있었다.

안평은 조각상을 만든 자의 이름이 도나토 디 니콜로 디 베토 바르디(Donato di Niccolò di Betto Bardi)라는 것만 전해 들은 채, 조각상과 사랑에 빠지고 말았고.

일명 도나텔로라고 불리는 명장의 걸작, 막달라 마리아상은 안평의 수집품이 되었다.

안평은 본래 조선에 있을 적부터 시서화에 능한 데다, 조선 제일의 명필로 이름을 날렸으며, 황실 예악의 중요한 축을 담당하는 재래연단의 책임자이기도 했었다.

그런 그의 취미는 중원의 고서와 서화를 모으는 것이었으니, 한때는 대간들에게 지나치게 사치한다는 이야기가 나올 정도로 수집에 열중했었다.

하지만, 조선이 발전하면서 사대부들이 녹봉 대부분을 치장에 투자하게 되자, 그의 취미는 평범한 축으로 속하게 되었다.

상아나, 금으로 만든 안경테부터 시작해, 각종 보옥으로 장식한 귀걸이나 팔찌, 그리고 최근 들어 유행하는 회중시계까지.

소위 명품이나 양품이라 불리는 것들을 수집하는 이들이 생기자, 시서화 수집은 그나마 고상하면서도 옛스러운 취미가 된 상황이었던 것이다.

그는 한때 안견과 함께 몽유도원도를 협업하며, 현실과 몽환적인 무릉도원의 모습을 함께 담은 걸작을 완성한 바가 있었다.

그런 그에게 새로운 영감을 주는 작품이 생기자, 한동안 소강상태였던 취미의 영역이 대폭 넓어진 것이었다.

안평은 오스만의 치세에서 해방된 발칸반도의 나라들에 그리스의 작품을 원한다고 이야기했다. 조선에 갚아야 할 부채가 상당했던 그들은 안평의 제안을 기꺼이 수락했고, 그리스의 고전 걸작들이 하나둘씩 살래에 모이기 시작했다.

안평에 대한 소문이 퍼지자, 그의 눈에 띄고 싶은 화가나 조각가들도 상인들과 함께 살래에 방문했고, 살래성 한쪽엔 예술가들이 모인 거주 구역마저 생기게 되었다.

살래에 예술가들이 모이던 어느 날, 안평은 집무실로 아이작을 호출했다.

"전하. 신 아이작, 부름을 받고 왔사옵니다."

"그래, 요즘 자네의 노고가 커. 내 개인적인 일임에도 불구하고 수집품 중에서 위작이나 가품을 가려주고 있으니, 은상을 내리려 하네."

유대계 상인 출신의 관료 아이작은 그런 안평의 말에 고개를 숙이며 답했다.

"신이 이미 전하께 받은 은혜가 하해와 같은데, 어찌 노고라

할 수 있겠습니까? 그러니 상을 내리는 것도 거두어주시지요."

"하하, 하해(河海)라니. 그런 표현은 또 언제 배운 건가."

"조선의 서적들을 보며 익혔나이다. 신이 감명 깊게 본 대학(大學)에 이르길, 일일신우일신(日日新又日新)이라 하였으니, 그 말대로 날이 갈수록 발전하려 노력 중이옵니다."

안평은 아이작의 말에 감탄하며 이야길 이어갔다.

"대학을 인용하는 금발 벽안의 관료라……. 역시 그때 자넬 해방해 주길 잘했다는 생각이 드네."

"성은이 망극할 뿐이옵니다."

"그건 그렇고, 요즘 자네를 따라 살래로 이주하는 이들이 많다던데. 그게 사실인가?"

"예, 본래 신의 출신은 예후딤, 조선식으로 말씀드리자면 유대계이옵니다."

"그래, 얼핏 들은 적이 있다. 오래전에 고향을 잃고 뿔뿔이 흩어진 일족이라고."

"예, 신이 전하의 은혜로 말미암아 말직을 맡아보고 있다는 소식이 신의 일족에게 퍼졌사옵니다. 하여, 그들은 출신이나 피부색으로 차별하지 않는 대국의 신민이 되기 위해 오는 이들이옵니다."

"헌데, 자네들의 신앙이 문제가 될 수 있네. 지금도 조심스럽게 균형을 맞추고 있노라."

"그 점은 염려하지 않으셔도 되옵니다. 그들은 같은 일족 안에서도 박해받는 이들이 대부분이니, 신앙을 내세워 문제를 일으키지 않을 것입니다. 또한."

"뭔가."

"그들이 작은 문제 하나라도 일으킨다면, 신이 그 책임을 지겠나이다."

"으음, 그런가. 자네가 그렇게까지 장담한다면 믿고 맡겨보지. 막 내관!"

안평에 부름을 받은 아프리카계 내관이자, 친위대인 막송이 답했다.

"전하, 신을 찾으셨나이까?"

"그래, 아이작 경에게 내릴 은상을 가져오게나."

"예."

막송이 척 보기에도 크고 무거워 보이는 궤를 가져오자, 아이작이 의아해하며 물었다.

"전하, 신은 녹봉 외엔 그 어떤 상도 필요치 않습니다."

"이건 내가 요즘 여러 가질 모으다 보니 우연히 얻게 된 건데, 나보다 자네에게 가치가 있을 것 같아 하사하려 하네. 일단 내용물부터 보게나."

안평에 손짓에 막송이 궤짝의 뚜껑을 열자, 아이작은 다 닳아빠진 돌판들이 그 안에 있는 것을 보았고.

이내 그것들을 자세히 살피다가 목이 메 말을 잇지 못했다.

"이… 이것은……."

"그래. 열 개의 율법이 적힌 석판이네. 그걸 가져온 상인이
말하길, 자네의 일족에겐 귀중한 것이라 하더군. 최소 몇 백
년은 된 유서 깊은 물품이고."

안평이 하사한 십계의 비석은 진본이 아니라 후세에 만들
어진 물건이긴 하지만, 원 역사 속에선 가치 없이 떠돌다 이집
트 지방의 어느 가정집에 주춧돌로 쓰이던 것이 뒤늦게 발견
될 운명이었고.

먼 훗날, 이스라엘의 국보로 남을 유물이기도 했다.

하지만, 지금은 미술품을 모으는 안평 덕에 어느 상인의 눈
에 띄어 이곳까지 흘러들어 오게 된 것이었다.

"성은이 망극하옵니다!"

한때, 베네치아에서 악명을 떨치던 유대계 상인 아이작은
조선에서 새로운 삶을 찾았고, 유대계 조선인의 대표가 되어
대대로 충성을 바치게 되는 일족의 시조가 되었다.

제5장
소가성

현 소가성의 절제사 이팔동은 현 사관학교장 이징옥의 조카이자, 은퇴하고 야구단의 감독관 노릇이나 하는 이징석의 맏아들이다.

그는 잔평이 남명의 수도 남경을 기습하려던 해전 당시, 중대장으로 참전해 나름대로 공을 세웠고.

순조롭게 출세해 원정 함대의 서역 항로 개척과 더불어 신대륙 탐사 당시에도 가리선의 선장으로 종군해 최광손과 역사적인 순간들을 함께했었다.

신주성에 머물며 본국으로 돌아가길 고대하던 그에겐 귀환 명령 대신, 미주의 개척 임무가 주어졌고.

탐욕스러운 아비 이징석과는 다르게 명령에 충실한 군인인 그는 조용히 자신에게 주어진 임무를 수행했다.

이팔동을 따르는 개척 부대의 첫 시작은 일개 중대 규모였다.

이팔동의 중대는 항구가 지어지고 있는 신주성에서 강을 따라 내륙으로 이동해 아무것도 없던 황무지에 자리를 잡았다.

본래 원정 함대의 수병 중에서도 처자식이 없는 이들을 차출해 결성된 개척 중대는 그들을 경계한 원주민들의 방문도 여러 차례 겪었다.

말은 잘 통하지 않았지만, 이팔동은 나름대로 우호적인 자세를 취하며 그들의 추장으로 추정되는 이에게 선물을 건네며 새로운 이웃으로 받아달라는 의사를 보였고.

이후 이팔동과 접촉했던 원주민들은 유화적인 조치가 마음에 들었는지, 먹을 것과 더불어 이곳에서 농사짓는 방법을 알려주기도 했다.

그러나 개척 중대의 첫 일 년은 고되기 그지없었다.

물자와 식량은 나름대로 충분했지만, 주둔지를 건설할 노동력이 부족했기 때문이다.

게다가 한창때 나이에 오지에 처박힌 병사들도 문제를 일으

컸다.

그들은 원정 함대의 여러 배에서 차출되었기에 이팔동과 친한 사이도 아니었으며, 대부분이 어린 나이에 배에 오른 탓에 여자 구경도 제대로 못 해본 이들이 대다수였던 것이다.

병사들의 욕구불만이 쌓일 때쯤 사건이 터졌다.

병사 세 명이 주둔지 인근에 사는 원주민 처자들을 희롱하다 상급자에게 적발되어 압송되어 온 것이었다.

또한 그 일로 말미암아 전에 방문했었던 여느 일족의 추장도 전사 100여 명을 이끌고 목책이 완성되지 못한 주둔지를 공격하려는 듯한 모양새를 취했다.

"구 종사관, 자네의 의견을 묻고 싶네."

개척 중대의 종사관이자, 소대장급 지휘관인 구문로가 줄에 묶인 병사들을 꿇어앉혀 놓은 채 이팔동에게 답했다.

"일단, 저놈들은 지엄한 군법을 어겼으니 처벌을 해야 함이 옳습니다."

이팔동은 목책 밖에서 이질적인 소리를 지르는 일족의 전사들을 바라보며 답했다.

"음, 나도 그 의견엔 동감일세."

"영감, 저들이 피해를 보았다곤 하지만, 소관이 나선 덕에 미수에 그친 일입니다. 게다가 소관이 직접 저들의 추장에게 고개를 숙이고 그들이 보는 앞에서 죄인들을 두들겨 패기까지 했습니다."

"그런데도 여기까지 쫓아왔다는 건, 저들의 목숨을 내어달라는 뜻으로 봐야 하겠지?"

"그게 아니라, 다른 목적일 수도 있습니다."

"그게 뭔가?"

"이 일은 그저 명분이고, 우릴 여기서 쫓아내고 싶은 거겠지요."

"으음……. 그럴 수도 있겠군."

"영감. 제아무리 죄인이라 한들, 아국의 지엄한 형법에 따라 우리가 처벌함이 옳습니다."

"그래, 그건 자네 말이 맞네."

"또한, 아군은 그동안 지나칠 정도로 저들에게 저자세를 취했습니다."

"그 말은 힘을 보이겠다는 뜻인가?"

"우릴 얕보는 저들에게도 나름의 경고를 해야 하지 않겠습니까? 그러니 소관에게 맡겨주시지요."

"좋은 생각이 있나?"

"소수의 기병만으로 충분합니다. 무도한 요구를 하는 추장을 사로잡아 본보기를 보이면, 저들뿐만 아니라 다른 무리도 우릴 얕보지 못할 겁니다."

구문로는 자신이 이족의 추장에게 고개를 숙이고 부하들

을 두들겨 패면서까지 성의를 보였지만, 결국 사태가 이 지경으로 된 것에 자존심이 상한 것이었다.

"아니, 그건 사태를 더 악화할 조치일세."

"…그럼 어찌하시겠습니까?"

"위협하는 방향으로 가지. 저들에겐 화포를 선보인 적이 없으니, 화포를 쏘아 위협하는 게 낫겠군."

"영감, 저런 이족에게 화약을 낭비할 필요가 있겠습니까? 압도적인 힘을 보여주고 고개를 숙이게 만드는 게 **빠를** 겁니다."

"아니. 내가 받은 명령은 이곳에 주둔지를 건설하라는 것이지, 이곳의 주민들을 복속하거나 죽이라는 것이 아니었어."

"예, 알겠습니다."

구문로는 상관의 강경한 뜻에 어쩔 수 없이 물러나야 했다.

결국 이팔동의 의지대로 개척 중대는 화포 3문을 동원해 근처의 숲에 발사했고.

느닷없이 굉음과 함께 나무가 쓰러지는 광경을 본 원주민 전사들은 겁을 집어먹고 물러났다.

이후 죄를 지은 병사들은 신주성으로 압송해 정식 재판을 받게 했으며, 그 결과, 그들은 군복을 벗고 노역 형에 처해졌다.

개척 부대가 첫해를 무사히 넘기긴 했지만, 그 후엔 다른 악재가 터졌다.

지난 사건 이후로 개척 중대를 적대시했던 일족이 노골적으로 그들을 괴롭혔던 것이다.

어떨 땐 수확 직전인 옥수수밭을 망쳐놓기도 했고, 어떨 땐 밤새도록 괴상한 소리를 지르면서 병사들이 잠 못 들게 괴롭힌 것이었다.

이팔동은 그들을 찾아가 항의하기도 했으나, 발뺌하는 추장에게 경고만 하고 물러나야 했다.

어떤 일족은 우호적으로 접근해, 이팔동에게 근처의 다른 일족을 공격해 달라고 요청하기도 했다.

그 와중에도 이팔동은 꿋꿋이 중립을 지키며 주둔지를 지키기 위해 노력했다.

개척 중대가 두 번째 해를 넘기자, 마침내 본국에서 추가 병력이 파견되었다.

오백에 가까운 병력이 늘어나 대대급 병력이 갖춰지자, 자연스레 주둔지의 규모도 늘어나게 되었지만, 또 다른 문제가 생겼다.

이번엔 새로 온 병사가 근무를 서다가 그들을 밭을 망치러 온 원주민을 발견하고 사살한 것이었다.

결국 일전에 여인들을 희롱당한 데다, 일족의 유망한 젊은이가 살해당한 이들은 300가량의 전사를 이끌고 조선군을 찾았다.

"영감, 저 병사를 처벌하시려 하십니까?"

"아니. 어디까지나 초병의 임무를 다한 이인데, 벌을 내릴 수 있겠나."

대대급으로 부대가 개편되면서 중대장으로 승진한 구문로는 이번에야말로 저들에게 힘을 보일 수 있다 여기며 적극적인 교전 의사를 보였다.

이팔동은 협상을 시도했지만 결렬되었고, 구문로가 이끄는 중대가 선봉으로 나서 전투가 벌어졌다.

전투의 결과는 조선의 압도적인 승리였다.

투사 무기는 조잡한 활뿐이고, 기병도 없는 데다 조악한 냉병기를 가진 원주민에겐 화약 병기와 더불어 전신 철갑의 무관은 재앙이나 다름없었다.

결국 조선 측은 사상자는커녕, 단 한 명의 부상자도 없이 손쉬운 승리를 거뒀다.

결국 그들은 살아남은 이들을 포로로 거뒀고, 그들을 주둔지의 노동력으로 부리려 했지만, 이팔동의 반대로 성사되지 못했다.

"영감, 저놈들은 우릴 죽이려 공격했던 놈들입니다. 그런데 어째서 저들을 포로로 대우해 주려 하십니까?"

"이건 어디까지나, 조정에 장계를 올린 다음에 재가를 받아야 하는 문제일세."

구문로는 배편이 왕복하는 시간을 떠올리곤 한숨을 쉬었다.

"그건 일 년 동안을 저놈들을 놀려두겠다는 말씀이 아닙니까?"

"난 그저 원칙대로 할 뿐이네."

그렇게 사사건건 의견이 갈리는 이팔동과 구문로의 갈등은 나날이 커졌다.

그러던 와중에 그들에겐 좋은 일도 생겼다.

본국에서 보낸 여진계 이주민이 늘어 개척 중대 주둔지 근방에도 천막이 여럿 생겼고.

그들의 노동력을 유상으로 얻을 수 있게 되었다.

개중엔 여인들이 여럿 있어 눈이 맞은 병사들도 생기게 되었으며, 새로이 가정을 꾸리게 되는 이들도 생겼다.

주민들과 융화하며 주둔지가 발전할 무렵, 개척 부대는 새로운 명령을 받았다.

어느 개척민이 강의 상류에서 금맥을 발견했고, 그곳을 지키기 위한 요새를 건설하라는 명령을 받게 된 것이었다.

포로 처우에 대한 답신을 받은 이팔동은 구문로에게 보고를 받았다.

"영감, 지난번에 잡았던 포로들은 대부분 마마에 걸려 죽었습니다."

"…자넨 앞으로 우두 접종을 받지 않은 이주민들이 있는지 확인하게."

"예."

"그러고 보니, 근방의 주민들이 거의 보이지 않는군. 자네하고 연관이 있는 일인가?"

조정에서 그간의 공을 인정받아 독립 기마 중대를 이끌게 된 구문로는 영역을 넓히려는 이주민들의 요청을 받아 무력시위를 벌였다.

그 결과, 인접한 2개 부족이 살던 곳을 버리고 동쪽으로 떠난 것이었다.

"예, 소관이 민원을 처리했습니다."

"내게 보고도 하지 않고 말인가?"

"아닙니다. 조만간 장계를 올리려 했었습니다."

여진계 이주민들은 신중하고 원칙주의자인 이팔동보다는 힘이 세고 호탕한 성격의 구문로를 따랐다.

그렇기에 그의 영향력도 무시할 수 없을 정도로 강해졌고, 이팔동은 구문로가 대놓고 군령을 어기지 않는 한, 마냥 쳐낼 수 없는 지경에 이른 것이었다.

그 와중에 금을 노리고 몰려든 수많은 이주민의 노동력과 부쩍 늘어난 보충병들의 힘으로 금맥과 가까운 강가에 새로운 군사 거점인 소가성이 완성되었고.

이팔동은 소가성 절제사에 임명되었으며, 구문로는 이인자인 첨절제사가 되었다.

그 후로도 구문로와 그를 따르는 무관들은 원주민들과 크고 작은 충돌을 빚었고, 대조적으로 이팔동을 따르는 이들은 온건하게 일을 처리하곤 했다.

결국 세월이 흘러 소가성이 안정될 무렵, 조정에서 이팔동의 공을 기려 영전을 결정했고, 그 사실을 모르는 소가성엔 새로운 방문자가 오게 되었다.

*　　　*　　　*

난 신주성 부근의 선주민 3개 부족을 새로운 신민으로 받아들였고, 그 뒤를 이어 소가성에서 같은 일을 하려고 했지만.

그곳은 이곳과는 분위기가 다르단 권람의 조언을 듣고 조금 시간을 두기로 마음먹었다.

본래는 소가성의 무관들을 신주성으로 불러 사정을 들어보려고도 했었지만, 생각을 바꿔 소가성으로 향했다.

난 일부러 정체를 드러내지 않고 권람의 수행원인 것처럼 위장해 사단장급 관료인 이팔동(李八小)을 만났다.

"자네가 신주성에 새로 부임한 감목관(監牧官)이라고?"

다행히도 이팔동은 날 본 적이 없어서 내 얼굴을 모르는 듯, 생소한 옷차림에 더 신경이 쓰이는 모양이다.

"예, 그렇습니다."

"보아하니, 서른 중후반쯤 되어 보이는데, 운도 지지리 없나 보군. 여기까지 온 걸 보면 말이야."

…사실은 내가 이팔동보다 약간 연상이다.

나이 오십에 연하에게 젊은이 취급받는 건… 생각 외로 기분이 좋다.

내가 좀 동안이긴 하지. 가끔 아내들도 나만 천천히 늙는 거 같다고 불평하긴 하니까.

이게 다 젊어서부터 잘 관리한 덕도 있겠지만, 미래의 귀신 놈이 내 몸에 뭔갈 주입한 덕도 있을 거다.

"그건 그렇고, 여기까지 들른 이유가 뭔가?"

"이곳의 선주민들을 아국의 신민으로 편입시키라는 명을 받고 그들의 호구를 조사하러 왔습니다."

"으음……. 지금 이 근방에 남아 있는 선주민들이라고 해봐야 얼마 되지 않을 걸세. 대부분 동쪽으로 가버렸으니."

"그럼 아국의 영역을 그만큼 넓히면 될 문제로군요."

"하, 말은 쉽게 하는군. 그래, 어떻게 할 생각인가?"

"그들의 생계를 책임지고 먹고살 만하게 만들어주는 것부터 시작할 생각입니다. 그 시작으로 그들을 찾아다니며 우두 접종을 시행하려 합니다."

"그게 말처럼 쉬운 일이면 진즉에 했겠지."

"영감께서 하신 일은 이미 서면으로 읽었습니다. 열악한 조건에서도 최선을 다하셨더군요. 그리고 본국에서도 인력을 투입하게 될 테니, 전보단 쉬워질 것입니다."

이팔동은 내 말이 내심 건방지다 느꼈는지, 불편해 보이는 표정을 지었다.

"…새파란 후배에게 칭찬받고자 한 일이 아니네."

"송구합니다. 소관이 구 중대장을 만나볼 수 있겠습니까?"

"구 중대장? 구문로 첨절제사를 이야기하는 건가?"

구문로가 첨절제사로 승진했나 보네.

"예."

"무슨 연유로?"

"공무 때문에 협조를 얻어야 할 것 같아서 그럽니다."

"얼마 전에 중대를 이끌고 순찰에 나섰으니 돌아오려면 한참 걸릴 듯하네."

"그렇군요. 그럼 그동안 제가 도울 일이 없겠습니까?"

"음……. 서류 정리라도 해주겠다는 이야기인가?"

"영감께서 소관의 도움이 필요하시다면 기꺼이 해드리지요."

신주성에서 확인한바, 소가성의 문관은 단 10여 명에 불과했고, 향리도 스무 명에 불과했다.

개중 대부분은 전가사변 당해 이곳으로 온 이 중에서 글줄 좀 읽어봤다는 이들을 임명한 거고.

과거에 급제해 외직으로 임관한 이는 신주성에서 처리해야 할 공무로 자리를 비운 상황.

그런 상황에서 내 제안은 아마도 이팔동에게 달콤하게 들릴 테지.

"사실, 그래 주면 고맙겠네. 우리 부봉사(副奉事)가 신주성에 공무를 보러 나간 탓에 손이 좀 부족한 상황이었네."

부봉사면 관서의 재정과 창고 출납을 담당하는 일인데 자리를 비웠으니, 힘들 법도 했겠네.

아무튼, 이번 일이야말로 소가성을 파악하는 데 더없이 좋은 기회다.

난 조금은 고된 업무를 예상하고 부봉사의 집무실에서 사흘을 보냈다.

"아이고, 감목관 나리 덕에 살았습니다."

날 도와 공무를 처리하던 향리가 웃으며 차를 권하는데, 고작 이 정도로 업무를 두고 호들갑 떠는 걸 보니 나도 모르게 웃음이 나왔다.

여기서 해야 할 일 이래 봐야, 이주민들의 송사 접수와 더불어 소가성의 전략물자 관리와 말들의 감독 같은 손쉬운 일들뿐이었다.

솔직히 말하면 내가 한창때, 식후 간식거리로 처리할 정도 수준의 공무이기도 하고.

"혹시, 자네 부임지를 이곳으로 바꿀 생각은 없는가?"

어느새 집무실에 온 이팔동까지 나서서 파견 중인 부봉사와 날 바꾸고 싶다는 욕망을 은근히 내비쳤고.

난 결과적으론 그렇게 될 수도 있을 거란 생각에 웃으며 답했다.

"저도 그랬으면 좋겠군요."

"그건 그렇고, 자네가 기다리던 이가 도착했으니. 만나러 가세."

난 이팔동의 안내에 따라 구문로를 만나러 이동했고, 그곳에서 나와 마주친 구문로에게선 아주 친숙한 향기가 풍겼다.

왕이 되고 싶은 욕망의 향기가.

*   *   *

난 친숙한 분위기를 풍기는 구문로와 눈을 마주쳤고, 기록대로 손바닥만큼 큰 점이 얼굴 절반을 뒤덮고 있음을 확인했다.

그는 내 옷차림을 잠시 훑어보곤 곧바로 고개를 돌려 이팔동에게 말했다.

"영감, 임무를 마치고 복귀했습니다."

"그래, 주민들과 문제는 없었고?"

"말씀이 이상하시군요."

"뭣이?"

"소관이 어찌 신민들을 핍박할 수 있겠습니까? 백성들을 보호하는 것이야말로 소관의 의무입니다."

"내 말이 그게 아님을 알잖나."

"아무튼, 충돌은 없었습니다."

돌아온 구문로는 짧게나마 직속상관과 신경전을 벌였고.

이팔동의 표정이 잠시 일그러지는 게 내 눈에 띄었다.

"그건 그렇고, 그쪽은 누굽니까?"

"이쪽은 신주성에 감목관으로 부임한 이일세. 공무차 자네의 협조를 얻어야 한다기에 소개해 주려 데려왔네."

"그렇습니까?"

은근히 시건방진 언사들을 내뱉은 구문로는 나를 바라보며 인사 대신 난데없는 이야길 꺼냈다.

"관원이란 이가 실로 요상한 복장을 하고 있군. 자넨 누군가?"

구문로는 얼굴에 난 커다란 점 때문에 시선에 민감한 듯, 그의 얼굴을 바라보고 있던 내게 느닷없이 시비를 걸었고.

난 최대한 웃으면서 답했다.

"처음 뵙겠습니다. 소관은 한산 이가의 현이라고 합니다. 이건 성상께서 직접 고안하셔서 도성에서도 유행하는 복식이니, 너무 이상하게 보지 말아주시지요."

내 검은색 정장은 상의원을 통해 만들게 한 복장이고, 여기선 아직 내가 상황으로 물러난 것을 모르니, 유행 중이란 말만 빼면 진실이기도 하다.

"그… 그런가?"

상관에게 안하무인으로 굴던 구문로에게도 황제의 권위는 절대적이었는지, 눈에 띄게 당황한 듯한 표정을 지었다.

"아, 그게 성상께서 고안하신 복식인 건가?"

전부터 내 정장을 은근히 눈여겨보던 이팔동은 흥미를 보이는 듯했다.

"예. 이 복식은 본래 성상께서 시험적으로 만들게 하셨던 관복의 일종이었고, 제가 입은 것은 그걸 일부 변형해 만들게 한 평복입니다."

"그래? 허, 본국을 지나치게 오래 떠나 있었더니, 그런 줄은 몰랐군."

이건 거짓말이 아니다.

사실 선위하기 전에 관복 개혁에 손을 대 정장식 복장을 고안했었지만, 새로운 복장을 낯설어하는 신료들 덕에 곧바로 통과되지 않았다.

아마 해당 안건은 지금도 조정에서 논의 중이겠지.

나나 아내들이 입는 건, 그 와중에 만들게 했던 복장 중에 일부였고.

"흠, 흠. 본관에게 협조를 얻고 싶은 사안이 뭔가?"

구문로가 무안한 듯한 표정을 감추며 내게 물었다.

"조정에서 이 땅의 선주민들을 아국의 신민으로 받아들이기로 했습니다. 따라서, 소관은 이 근방 선주민들의 호구 수를 파악하고 장계를 작성할 명을 받았지요."

"하, 선주민이라니. 만족 나부랭이에게 거창한 표현을 쓰는군."

이거 생각 이상으로 꽉 막힌 놈이었네.

원역사의 수양 놈 휘하에서도 여진족에게 무자비하게 굴었다는 이야기가 사실이었나 보다.

"앞으로 아국의 신민으로 받아들일 이들인데, 차별적인 언사를 해서 되겠습니까. 조정에서도 저들을 원주민이나 선주민이라 칭합니다."

"조정에서 이곳의 사정을 모르나 본데, 저들은 충효와 예법도 모르는 야만한 족속일 뿐이네. 교화는 저런 놈들에게 과분한 조치고."

"어째서 그렇습니까?"

"자네도 겪어보면 알겠지만, 저들이 그간 우리에게 끼친 해악질만 해도 나열할 수 없이 많네."

"저들과 무력 충돌이 네 번가량 있었다는 이야기는 신주에서 들었습니다."

"하, 그건 조정에 보고할 만한 건수만 따로 기록한 거고. 그 외에도 많은 사건이 있었네."

"그렇습니까? 그래도 아무쪼록 공무에 협조해 주시길 부탁드립니다. 이건 신주성 목사께서 내리신 공문입니다."

권람이 작성해 준 공문을 받아 든 구문로는 옅게나마 코웃음을 치며 답했다.

"그러지. 방금 복귀했으니 바로 나가는 건 무리고. 며칠 정도 휴식을 취한 다음에 가겠네."

"알겠습니다."

난 소가성의 업무를 처리하며 구문로와 그의 부하들이 정비하길 기다렸는데, 며칠이라고 말했던 것과는 다르게 보름가까이 기다려야 했다.

그사이 이팔동과 더불어 날 돕던 아전들은 엉성하게나마 내가 입고 있는 정장을 흉내 내 만들어 입고 다니고 있었다.

개중 다수는 옷을 만들게 한 이의 솜씨가 부족하거나 혹은 이해가 부족했는지, 도포처럼 생긴 괴상한 상의부터 시작해 여러 방식으로 실패한 정장을 입고 있는 이들도 많았다.

"감목관, 이게 어제 새로 만든 복장인데, 본국의 것에 비하면 어떤가?"

"그건 지난번에 실패했던 정복보단 낫군요. 훌륭하십니다."

"하하, 우리 내자가 몇 번 실패하더니, 이제 감이 잡히는 듯하네."

"본국에 계신 부인께서 이곳까지 오셨습니까?"

내 말을 들은 이팔동은 쓸쓸한 표정으로 답했다.

"아, 그건 아니고……. 내가 전처에게 이혼을 당해서 새로 얻은 부인이 있네."

"그렇습니까."

왠지 내가 저렇게 만든 것 같아 미안해지네.

아무튼, 이팔동이 입고 있는 옷은 미래 군인들의 정복을 변형한 것이며, 어깨엔 견장을 달 수 있도록 고안한 것이었다.

그러고 보니, 이팔동이 입고 있는 옷의 재질은 맥시한, 즉 멕시코산 면직물인 것 같다.

본래 멕시코산 특산품은 카카오나 새로운 작물들이었지만, 최근엔 목화와 면직물이 좋은 품질로 호평을 받아 카카오와 더불어 주요한 조공 품목으로 자리를 잡았고, 본국의 시중에도 퍼지고 있었다.

아무래도 여긴 멕시코 쪽이랑 거리가 가깝다 보니, 공급을 그곳에 의존하는 듯 보였다.

"그건 그렇고, 첨절제사의 준비는 언제쯤 끝나겠습니까?"

"하, 말도 말게나. 자기가 내키면 되겠지."

"원래 그런 성격입니까?"

"아닐세. 원래 저 정도는 아니었는데, 어느 순간부터 헛바람이 들어서 변했어."

"그럴 만한 사건이라도 있었습니까?"

"나도 모르겠네. 아마도 여기 정착한 이주민들이 떠받들어 주니, 저러는 거겠지."

고작 그 정도만으론 왕이 되고 싶어 하는 욕망의 향을 풀풀 풍기고 다니진 않을 것 같은데.

다른 이들은 구문로가 그 정도까지 헛된 꿈을 품고 있는 것을 눈치채지 못하고 있나 보다.

나름대로 잘 숨기고 있는 듯한데, 이번에 그의 속내를 캐봐야겠어.

본래 기약했었던 사흘에서 보름이 더 지나고, 한 주가량이 더 지날 무렵 난 구문로 직속의 정찰 소대에 합류할 수 있었다.

개중 누군가는 예비마에 소금 포대를 싣고 있는 걸 보니, 방문할 부족이나 이주민들에게 선물로 주려고 챙기는 듯했다.

"자네, 말은 탈 줄 알겠지?"

한성에서 사라이까지 만 리가 훌쩍 넘는 길을 행군했던 내게 저런 질문을 하니 가소롭긴 하지만, 내색하지 않고 답했다.

"요즘 문관 중에 말을 못 타는 이가 있겠습니까? 북방 근무 중에 잘 배워두었으니 첨절제사께선 염려 마시지요."

"그런가? 내 두고 보지."

난 만일에 사태에 대비해 육혈포를 챙겼고, 더불어 천으로 감싸둔 검과 장총도 안장에 얹어두었다.

구문로는 내 허리춤에 달린 총집을 보더니 빈정대듯 물었다.

"허, 요즘은 문관에게도 권총이 지급되는가?"

이건, 무관들에게 지급되는 수석식 단발 권총과 궤를 달리하는 물건이다.

"군기감에 아는 이가 있어서 얻은 것입니다."

"요즘 문관들은 호신을 위해 다들 궁시나 화포술 중 하나는 연마한다고 하는데, 내가 보기엔 영 눈에 차지 않는단 말이야."

"그렇습니까?"

"무릇 싸움이란 가까이서 서로 무기나 주먹을 주고받아야 하는 법인데 말이야…… 요즘은 영 낭만이 없다니까."

"……"

"아무튼, 이번 임무 동안 자네가 그 무기를 쓸 일이 없었으면 좋겠군."

그래, 나도 그랬으면 좋겠다.

"예."

난 구문로와 함께 가장 가까운 원주민의 마을을 찾아가는 여정 중에 그의 속내를 캐보기 위해 환심을 사려고 노력했다.

그는 내 승마 실력과 더불어 야전에 익숙한 모습이 조금은 마음에 들었는지, 친근한 태도를 보이기 시작했다.

난 야영할 때마다 궂은일을 도맡아 했고, 잠자리에 들기 전엔 모두에게 새로 유행하는 소설의 내용과 더불어 그들이 목말라하던 본국의 소식을 이야기해 주며 환심을 샀다.

그 결과, 그들은 비교적 짧은 시간 내에 내게 마음을 연 듯 보였다.

날 노골적으로 무시하던 처음과는 다르게 말을 거는 이들도 많이 생겼고, 구문로도 편하게 나를 대하곤 했다.

난 그렇게 나흘가량을 이동하다 이상한 흔적들을 발견했다.

"나리, 저긴 선주민의 마을이었던 곳입니까?"

"그렇네."

"혹시 저기서 전투가 벌어졌던 겁니까?"

구문로는 자랑스러운 표정으로 답했다.

"그건 아니고, 저기 살던 놈들을 쫓아낸 다음에 불태워 버렸지."

"어째서요?"

"저들에겐 왕이나 천자의 개념조차 없네. 저들의 추장은 무당 나부랭이였고, 거기다 감히 성상을 모욕하는 발언까지 내뱉었어. 그런데 내가 가만히 있을 수 있었겠나?"

"…그렇습니까? 첨절제사 나리의 무용을 저들에게 보여준 적도 있으시다던데, 그 부분도 좀 듣고 싶군요."

"하하, 자네가 뭘 좀 아는구만. 자네도 무력 충돌이 있었던 걸 읽어봤다니 미리 말해두는데, 그놈들은 죽어도 쌌던 놈들이야."

"어떤 면에서 그렇습니까?"

"우리가 여기 자리 잡을 때만 해도……."

구문로는 이동하면서 자신의 행적을 자랑하듯 이야기했고, 그의 말이 모두 진실이라 가정하면 충돌했던 부족들은 하나같이 조선을 모욕하거나 괴롭히는 것도 모자라 선제공격을 했던 이들이라 한다.

"이곳에 사는 놈들이 얼마나 간악하고 약아빠진 줄 아나? 틈만 나면 우릴 이용하고 단물을 빨려고 노력하는 해충들이네."

"그럼 적게나마 남겨두신 이유가 뭡니까?"

"그들이야… 매해 수확한 것의 일부를 공물로 바치니까."

난 태연한 표정으로 엄청난 말을 하는 구문로에게 경악했지만, 다시 한번 물었다.

"첨절제사께선 조정에서도 모르는 공물을 저들에게 받고 있단 말입니까?"

"아아, 그건 어디까지나 저들이 이곳의 평화를 지키는 내게 자진해서 바친 것이고, 조정에 올리기엔 하찮은 수준이라 우리 병사들을 먹이는 데 쓰고 있다네."

이것만 파고들어도 탄핵감이긴 하지만, 더 결정적인 증거가 필요하겠어.

이런저런 이야길 하며 이동하던 중, 밭의 흔적으로 추정되는 땅이 보였고.

난 그곳에 소금이 뿌려져 있던 것을 발견했다.

"이건… 첨절제사 나리께서 하신 일입니까?"

"그렇네. 여기서 쫓아낸 놈들이 행여라도 돌아올 맘을 품지 못하게 정기적으로 행하는 업무 중 하나네."

그럼… 출발하기 전에 소금을 챙긴 것도 그런 목적이었던 건가?

하, 이놈은 대체……

내가 챙모자 안에 표정을 숨기며 묵묵히 이동하던 새, 정찰대와 난 어느 부족의 마을에 도착했다.

그들은 구문로의 방문이 익숙한지, 겁에 질린 표정으로 우릴 맞이했고, 개중 몇 명은 조선말을 어설프게나마 익혔는지 구문로와 이야길 했다.

"나리, 어찌하여 이곳을 찾으셨습니까?"

"흠, 기뻐하거라. 대국에서 너희를 폐하의 신민으로 받아주겠다고 방침을 정했다."

"예? 그럼 거대한 땅의 위대하신 아버지께서……."

"위대한 아버지가 아니라 황제 폐하라니까. 네놈은 몇 번을 말해야 알아듣겠나?"

"예? 예."

"그리고 날 뻔히 쳐다보지 말라고 한 거 잊었나? 어디서 감히……."

구문로의 호통을 들은 중년 사내는 땅바닥에 엎드려 고개를 조아리며 답했다.

"미, 미안합니다."

"에잉, 그나마 말이 통하는 놈조차 이따위니 원. 미개한 족속들은 어쩔 수가 없는 건가."

난 표정을 찌푸리는 구문로에게 물었다.

"영감, 혹시 이곳에 마마를 앓는 병자들은 없었습니까?"

"내가 알 게 뭔가. 주기적으로 공물만 바치면 그만이니 신경 써본 적 없네."

난 말에서 내려 고개를 숙인 채 바들바들 떨고 있는 중년 사내를 일으키며 물었다.

"안녕하십니까, 어르신. 전 조정의 명을 받아 여러분의 형편을 파악하고 수를 확인하러 왔습니다."

"예, 예. 제가 이 마을을 대표하니, 필요한 게 있으면 제게 물으시면 됩니다."

"일단 어르신의 성함이 어떻게 되십니까?"

"성함이 뭐죠?"

"아, 성함은 이름이고, 다른 사람이 어르신을 이르는 말입니다."

"아, 제 이름은……."

그가 무언가 발음하긴 했지만, 내가 알아듣지 못할 단어가 나왔다.

게다가 신주성 부근의 선주민들이 쓰는 말하고 조금 비슷하긴 한데, 미묘하게 다른 억양이 들렸다.

"성함이 쓰언―카 블로카―가 맞습니까?"

"예. 맞습니다."

안내를 가지고 대화를 주고받은 끝에 그의 이름을 알아들을 수 있었고, 뒤이어 그 뜻마저 알게 되었다.

"제 이름의 뜻은 '나는 개'라는 뜻입니다."

"날아다니는 개요?"

"아니요. 제가 개란 뜻입니다."

신주성 부근의 마을에서 성난 말이니, 웅크린 곰부터 해서 별의별 이름을 다 들어본 내게도 충격적인 이름이었다.

난 결국 그 사내의 도움으로 마을의 호구를 파악할 수 있었고, 이 마을에 사는 총인구수는 538명에 18세 이상 40세 미만의 남성은 168명, 나머진 여자와 어린아이, 노약자들이었다.

난 그 과정에서 구문로가 그간 이들에게 벌였던 행패를 좀 더 자세히 알게 되었고, 나도 모르게 한숨이 나왔다.

또한, 이들이 구문로에게 공물을 바치는 것도 강압에 의한 것이란 것을 파악할 수 있었다.

난 추장의 얼굴에 희미하게 남아 있는 곰보와 비슷한 흉터를 보곤, 혹시나 하는 심정으로 물었다.

"어르신, 혹시 저들의 방문을 받은 후로 여기서 돌림병이 돈 적 있습니까?"

"예, 있습니다."

"그건… 혹시 온몸에 뭔가가 솟아오르고 뜨거워지는 증상이었습니까?"

"예, 맞습니다."

"그럼 어떻게 조치하셨습니까?"

"우리 와칸이……."

"와칸이 뭡니까?"

그는 내 질문에 한참을 고민하다가 적절한 대체어를 꺼냈다.

"우리의 제사장이 그들을 한데 모아 병이 더 퍼지지 않게 했고, 전 운이 좋아서 살아남았지만, 수많은 사람이 죽었습니다."

"얼마나요?"

그는 수를 세는 대신, 죽어 나간 사람들의 이름을 일일이 열거했고.

그것을 참을성을 가지고 세며 적은 난, 무려 600명가량이 죽었단 것을 알게 되었다.

"정말이지……. 안타깝군요. 늦었지만 제가 대신 사과하겠습니다."

내 작업이 지루한지, 한참을 주변을 거닐다가 다가와 내가 고개 숙이는 광경만 지켜본 구문로는 퉁명스럽게 쏘아붙였다.

"이보게, 현이. 대국의 관원이 이족의 추장 따위에게 고개를 숙이면 쓰겠는가?"

난 차분하게 호흡을 고른 다음, 그를 노려보며 답했다.

"구문로."

구문로는 내가 느닷없이 자신의 이름을 부른 것에 당황했는지, 뭐라고 소리치려 했지만.

내 기세에 겁을 먹은 듯 헛숨을 크게 들이켜며 손을 떨었다.

"네놈의 죄를 네가 알렸다."

"뭐, 뭐야! 네놈이 어사라도 되느냐?"

고작 어사 따위하고 비교가 되겠냐.

"그렇다면 어쩌겠나?"

"내… 내 죄가 대체 뭔데?"

그의 말과 동시에 정찰 소대의 병사들이 긴장한 듯 허리춤에 달린 무기를 꺼내려는 낌새를 취했다.

"너희들, 내 장담컨대 거기 손대는 순간, 손에 바람구멍을 내주마."

"대체 무슨 헛소릴—"

—타타타탕!

내 말을 무시하고 멋대로 무기에 손을 대려던 구문로의 직속 수하들에게 방아쇠를 당긴 채 다른 손으로 공이를 **빠르게** 움직여 쏘는 연발사격법, 즉 리볼버 패닝의 4연발 연사가 쏟아졌다.

"으아아악!"

"어흐윽—!"

"그… 그건 대체 뭐……."

"구문로, 움직이지 마라. 아직 두 발 남았다."

구문로는 생전 처음 보는 뇌관식 육혈포의 연속사격에 얼어붙은 듯 보였지만, 이내 떨쳐낸 듯 고함을 질렀다.

"네 이놈! 네놈이 제아무리 어사라 해도 같은 관원을 선제 공격하는 것이 정당한 처사라 할 수 있겠느냐?"

"먼저 무기에 손을 대 날 위협한 것은 네놈들이다. 그리고… 이 사람에게 네놈들이 그간 한 짓에 대해 다 들었다."

"하! 대체 뭘 들었기에 이리 무도하게 구는 것이냐?"

"애초에 조선군을 공격한 것은 이들과 아무 상관도 없던 이들인데, 네놈은 그 분풀이로 이들뿐만 아니라 다른 부족의 밭까지 태워 수확을 망쳤다지? 게다가 공격하지 않을 테니 매해 작물을 바치라고 한 것도 네놈이라며? 이런 월권과 행패를 보고도 조정에서 네놈을 가만둘 것 같으냐?"

구문로는 내 말에 그간 쌓여 있던 울분을 터뜨리듯 답했다.

"그래! 내가 저들을 강압적으로 대했다 치고! 내가 뭘 그렇게 잘못한 거냐? 선배들이 여진족 놈들을 취급한 방식과 한 치의 다름이 없는데!"

"네가 뭘 단단히 착각하고 있는 모양인데, 그런 건 변경을 침략해 병사들을 죽이고 백성들을 잡아갔던 이만주 같은 놈들에게나 행했던 조치다. 그리고 네놈처럼 공물을 착취해 사적으로 유용한 선배들이 있으리라 생각하나?"

"그럼 전도유망한 날 이곳에 처박은 것은 둘째 치고, 네놈을 보내 사소한 일을 가지고 트집을 잡고 병사들에게 상해를 입힌 것은 옳은 처사더냐?"

흠, 이쪽이 본심에 가깝겠군.

"정녕… 그렇게 네가 잘못한 것이 없다고 생각한단 말이냐?"

"그래!"

"그러면 내게도 그 책임이 있겠구나."

"뭐? 네놈은 대체 무슨 소릴 하는 게냐?"

난 대답 대신 말안장에 매여 있던 어검을 천에서 풀어 꺼냈고.

손잡이에 음각되어 있는 문구를 천천히 읽어주었다.

"하늘에서 명을 받았으니, 그 수명은 오래도록 번창하리."

"뭐……?"

이 문구는 수명우천(受命于天) 기수영창(旣壽永昌), 즉 내가 타이순 칸에게 양도받았던 전국 옥새에 새겨진 문구다.

제위에 오르고 난 뒤, 울루그 벡에게 선물 받았던 어검의 손잡이에도 새기게 했었지.

"그래, 따지고 보면 내가 네놈을 여기 보낸 장본인이나 마찬가지니, 이제부터 내게 직접 따지면 되겠구나."

금방이라도 달려들 듯이 굴던 구문로의 부하들은 사태를 파악하지 못한 듯, 눈만 껌벅거렸고.

구문로는 마침내 내 신분을 파악했는지, 얼굴이 새파래졌다.

"설마……."

소란을 일어난 것을 보고 모여든 주민들 앞에서 구문로는 이마를 땅에 찧다시피 절을 올렸고.

병사들은 아직도 상황 파악이 안 되었는지 멍청한 표정을 짓고 있었다.

선주민들은 그동안 저들의 왕처럼 군림하던 구문로의 그런 모습이 낯선지, 자기들끼리 무언가 이야길 나누고 있었다.

결국 내 곁에 있던 추장, 나는 개가 내게 물었다.

"저기, 어르신께선 대체 누구십니까……?"

"그쪽의 방식으로 말하자면, 위대하신 아버지의 아버지랄까. 아무튼, 앞으로 저놈 대신 이 땅을 다스리게 되었으니 잘 부탁하네."

나는 개는 내 말을 잘 이해하지 못한 듯하나, 한 가지는 확실히 이해할 수 있었나 보다.

구문로의 폭정이 방금 끝났다는 것을.

*　　　　*　　　　*

난 구문로와 수하들을 결박한 채, 증인으로 세울 선주민들의 도움을 받아 소가성으로 귀환했다.

"아니, 이게 대체 무슨 일인가?"

포승에 묶여 압송되어 온 구문로를 본 이팔동이 놀라 묻기에 난 대답 대신 어검을 그에게 내밀었다.

"이가의 팔동이 성상의 대리인을 뵙습니다! 만세! 만세! 만만세!"

난 다급하게 어검을 알아보곤 사배를 올리는 그에게 부드러운 목소리로 답했다.

"그간 본의 아니게 속여서 미안하군."

난 조금 착각하고 있는 듯한 이팔동에게 내 진정한 신분과 목적에 관해 이야기해 주었고, 그를 포함한 아전들은 눈이 튀어나올 정도로 놀라 입을 다물지 못했다.

"그럼… 소신이 그동안 성상께……."

이팔동이 창백한 낯빛을 지으며 고개를 숙이기에 난 웃으면서 답했다.

"아니, 이젠 상황으로 물러난 몸이니, 신이라고 칭하지 말게나. 그리고… 첨절제사의 죄를 물어야 하니 그것부터 이야기하세나."

"예! 알겠습니다."

소가성의 이인자에서 졸지에 죄인으로 전락한 구문로는 추국장에서 자신을 변호하려 했지만, 증인으로 데려온 추장과 주민들의 말에 번번이 말문이 막혀 결국은 본전도 찾지 못했다.

"그래, 보다시피 네놈이 지은 죄가 크구나. 그리고 조만간 절제사가 다른 일족들을 불러오게 되면 더 많은 죄가 밝혀질 터. 그 전에 자복하는 것이 어떠한가?"

"상황 폐하, 소관은 그저 맥시한주나 남왕부처럼 이곳의 주민들을 다스려 보려 한 것뿐입니다. 또한 저 스스로 떳떳하지 못할 행동을 한 적이 없습니다."

"그래?"

"해사제독과 남왕도 토착 세력과의 분쟁을 통해 아국의 영역을 확보했사옵니다. 신이 공물을 받은 것은 어디까지 나……."

말을 돌려 하지만, 번왕이 된 남이를 보고 헛된 꿈을 품었다는 말이나 다름없네.

"그건 터무니없는 궤변이로구나."

"아니옵니다."

"애당초 네놈은 소가성 절제사와 다르게 신주에서 지내며 해사제독과 함께 싸우지도 않았지. 그리고 해사제독은 내게 전권을 받았음에도 불구하고 장계를 올려 내게 윤허를 구했노라. 내가 네놈에게 전권을 내린 적이 있더냐? 하다못해 장계조차 제대로 적지 않은 놈이 어디서 그딴 망발을 내뱉어?"

"……."

구문로가 침묵한 사이 난 그가 내게 보여준 모습을 떠올리며 말을 이어갔다.

"그리고 네놈은 상관을 무시하고 이곳의 왕처럼 굴지 않았느냐."

구문로는 역모로 몰릴 것이 두려웠는지, 몸을 떨며 답했다.

"아니옵니다. 소관은 그저—!"

"네가 뭐라 하든, 난 네놈 같은 부류를 전에도 보았기에 속 내가 뻔히 짐작된다. 네놈이 새로운 왕부의 주인이 되고 싶어 한 것을 모를 줄 아느냐?"

"……."

"애당초, 내가 남왕에게 왕작을 내리고 마야 왕부를 세워준 것은 어디까지나, 그가 아무것도 없는 맨몸으로 시작해 나라 를 세운 거나 다름없기 때문이다."

구문로는 나뿐만이 아니라 추국장에 모인 이들의 시선을 감당할 수 없는지 고개를 숙였고, 난 계속 이야길 이어갔다.

"또한, 그곳의 주민들이야말로 자발적으로 남왕을 그들의 왕으로 인정하고 따르니, 그리한 것이다. 만약 네놈이 그런 남 왕의 행보를 반이라도 좇아갔으면, 나도 네놈의 공을 인정했 을 거다. 허나, 네놈은 주민들의 마음을 얻기는커녕, 쫓아내고 착취하기에 바빴지."

"그건……."

구문로가 뭐라고 항변하려 하자, 그에게 시달렸던 추장과 주 민들은 야유를 퍼부었고 추국장은 순식간에 난장판이 되었다.

내가 손을 들어 올리며 그들을 바라보자, 추국장은 금세 조 용해졌고 난 다시 말을 이어갔다.

"보았느냐. 이게 그동안 네가 얻은 민심이다. 따라서 네놈은 아국의 지엄한 법도에 따라 형벌을 받게 될 것이다."

첫 추국을 끝낸 난 법전을 뒤져가며 그에게 내릴 혐의를 찾았다. 아버지와 내 치세에 걸쳐 개정된 법안 안에선 그에게 적용할 혐의는 다음과 같았다.

멋대로 주민들에게 공물을 받아 유용한 횡령죄와 사취죄, 선주민들을 협박하고 자산에 손해를 끼친 손괴죄 등이 주요 혐의다.

또한 횡령죄는 조정과 황제를 속인 강상죄의 혐의도 일부 적용할 수 있었다.

그가 선주민과 벌인 전투에 대해 이팔동에게 자세히 물어보니 모두 선제공격을 받은 상황에서 반격한 것이라 혐의를 적용할 순 없었다.

이팔동에 이어 소환된 추장과 주민들이 증언하길 밭을 불태우고 소금을 뿌려 협박하고 괴롭히긴 했으나, 그 과정에서 상해를 입혔을지언정 누군갈 죽인 적은 없었다고 하니, 상해죄를 추가했다.

난 일주일 후 소가성의 주민과 근방의 선주민들이 참여한 공판에서 그에게 적용된 혐의를 읊어주며 물었다.

"하여, 위에 열거한 죄들로 인해 피고인에게 결정된 형벌을 고하겠노라."

구문로는 담담한 표정으로 자신에게 내려진 선고를 받아들였다.

"상황 폐하께서 소관의 목숨을 거두시려 하시니, 사내답게 받아들이겠습니다."

하, 이놈이 끝까지 멋진 척하네.

네놈이 바란 대로 해줄 것 같아?

"누가 자네의 목숨을 거둔다고 했나?"

"그럼 혹시……."

구문로는 내 말에 희망을 얻었는지, 금세 표정이 밝아졌다.

"죽기 전에 네놈이 끼친 해악은 갚아야 하지 않겠느냐? 따라서 네놈의 가산을 적몰하고 피해자들에게 분배할 것이다."

"…예."

"그리고 네놈을 비롯해 네 수족이 되어 죄를 지은 이들에겐 십 년간 백의종군하여 저들의 고용인이 되어 일할 것을 명하노라. 이곳의 사정상, 본국과 기준이 다르긴 하지만, 영진군 최하급 보졸에게 내려지는 녹봉 정도는 주도록 하마."

구문로는 내 판결이 예상 밖이었는지, 눈을 부릅뜨며 외쳤다.

"상황 폐하, 차라리 죽여주시옵소서! 어찌하여 소관을 저들의 노비나 다름없는 신세로 만들려 하시옵니까?"

"고작 죽음으로 네가 그간 저지른 해악과 죄를 씻을 수 있다고 생각하느냐? 그리고 주동자인 네놈에겐 백의종군이 끝나고 유배가 결정되었노라."

"대체… 소관을 어디로 보내시려 하십니까?"

"여기서 동쪽 끝으로 보내주겠다."

이건 유배를 빙자한 추방령이나 다름없다.

네가 남이를 동경해서 왕이 되고 싶다면, 그 기회를 잡아서 회생해 보든가.

아무튼 이번 판결은 앞으로도 제2의 구문로가 나오는 사태를 방지할 만한 선례로 남을 것이다.

비단 구문로뿐만 아니라 여기서 더 동쪽으로 간 무관 중에서도 비슷한 놈들이 있을 터, 이건 그들에게 보내는 경고나 마찬가지다.

나를 따라온 추장들은 내심 내가 구문로를 죽여주었으면 하던 눈치인데, 앞으로 내가 이곳을 다스리려면 무작정 그들의 뜻을 따를 수 없는 노릇이기도 하다.

정치란 균형이 필요하다.

무작정 한쪽의 편만을 들어준다면 저들이 날 편하게 생각해 선을 넘을 수 있으니, 적절한 선을 지키는 게 필요하기도 하지.

또한 이곳에 남은 주민들 중 대부분은 공포에 굴복했지만, 몇몇은 조선에 적대적인 태도를 보이던 이들도 있다고 하니 이 일을 빌미로 삼아 내게 무리한 요구를 할 수도 있는 법이다.

아무튼, 그런 건 이제부터 차차 조절해 나갈 문제고, 이젠 소가성에 왕부를 설치하고 저들을 동화할 밑 작업부터 해야 겠군.

그건 그렇고, 조만간 본국에다가 추가 인력을 요청해야 할 것 같은데 조정의 사정을 뻔히 아니 눈치가 보인다.

조만간 연락선을 보낼 예정이긴 하니, 권람을 통해서 이곳 의 사정을 이야기하고 좀 더 보내달라고 해봐야겠어.

난 남이를 만나러 간 남빈과 최광손의 귀환을 기다리며 본 격적인 미주왕부의 시대를 열었다.

*   *   *

상황 광무제가 인력 부족에 시달릴 무렵, 본국에선 이미 만 인소에 이름을 올린 잔반들 1만 2천 명과 더불어 그들의 가 족 일부마저 해삼위를 비롯한 북쪽에 이주시킨 상황이었고.

그들은 천막을 세운 임시 거주지에 머물다 왕복하는 이민 선단에 올라 미주로 이동하도록 결정되었다.

만인소에 이름을 올린 이들의 친족을 모두 연좌해 보내기 엔 배가 터무니없이 부족해 죄인의 처와 자식들만 모았지만.

그 수가 무려 6만에 육박했으며 이민 선단은 원정 함대에서 퇴역 직전인 선박들과 더불어 가까운 구주와 산동의 군선 일부.

그리고 민간 선박 중 미주 항해를 버틸 만한 대형 선박마저 고용해야 했다.

"아! 거기 팔 좀 좁혀주시게!"

"거참, 좀 좁혀서 누우면 될 걸 왜 그리 자리를 넓게 차지하시오?"

이민 선단의 배들은 1차로 이주가 결정된 잔반들을 수용할 공간이 부족해지자, 화포를 적재하는 곳까지 일부 비워서 수용했고.

수많은 사람을 욱여넣다시피 한 닭장 같은 선창에서는 그들끼리 다툼이 벌어지는 건 부지기수였다.

"이 양반아! 대체 왜 그런 쓸데없는 짓에 나서서 우리까지 말려들게 해?"

"풋, 끼어들긴 싫은데, 누가 양반이란 말이오? 우리 모두 피차 노비만도 못한 신세가 되었는데."

"이봐! 뭐가 어쩌고 어째? 왜 남의 집 사정에 끼어들고 난리야!"

어떤 이는 부인에게 타박을 받다 사소한 말꼬리 하나에 시비가 붙어 주먹다짐을 벌이기도 했고.

난동을 부린 이들은 수병에게 적발되어 강제로 사슬에 묶여 선창 한쪽에 처박히기도 했다.

옴짝달싹할 수 없이 사슬에 묶여 뉘어진 그들의 모습은 마치 먼 훗날 아프리카에서 신대륙으로 노예를 실어 나르던 노예선의 풍경을 연상하게 했지만.

그들과 다른 점이 있다면 동행한 선의들이 그들이 건강을 유지할 수 있게 성심껏 돌봐주었다는 것이다.

"오호통재라. 대체 이 나라가 어찌 되려고……."

본래 세종 치세에 부사정 벼슬을 지내던 쌍청당 송유(宋愉)의 아들, 송계사(宋繼祀)는 일찍이 아버지 덕에 사대부를 자칭할 수 있었다.

본래 그의 집안은 한미했지만, 어린 나이에 급제해 벼슬을 지내다 낙향한 아버지가 회덕(대전)에서 별당인 쌍청당(雙淸堂)을 세우곤 학문을 닦았고.

그의 집안은 그런 송유를 흠모해 모인 유생들 덕에 명문으로 번성할 수 있었지만, 어느 날 갑자기 개정된 법도 덕에 사대부라는 직함을 잃은 채 양인으로 전락하고 말았다.

그는 조정과 사회에 불만을 가진 채, 틈만 나면 문하의 유생들과 가까운 이들을 선동했고.

절호의 기회를 잡아 만인소의 주모자 중 하나가 되었다.

그러나 그의 피 끓는 상소와 결의는 무시당한 채 신대륙으로 강제 이주 하게 되었다.

배에 탄 이들 중 다수는 만인소를 주모했던 송계사를 원망하는 눈초릴 보냈고.

그는 그런 와중에도 공맹과 주자의 도를 떠올리며 마음을 다스리려 노력했지만.

뱃멀미로 인해 밀려오는 구토 앞에 토씨 하나 틀리지 않고 외우던 성현의 도는 무력할 뿐이었다.

배에 오른 이 중엔 그가 그토록 싫어하다 못해 혐오하다시피 하던 실학을 겉핥기로나마 배운 이들도 있었고. 그들이 토론하는 모습을 보이기도 하여 꾸짖고 싶었지만, 눈치가 보여 나서지 못했다.

배 하나에 적게는 수백, 많게는 천 명 이상이 탄 사정상 대부분 선창 아래 갇혀 있는 시간이 대부분이었지만.

선의들은 그들의 건강을 염려해 며칠에 한 번씩은 교대로 갑판 위에 나와 운동, 즉 달리 말해 뱃일을 시키기도 했다.

각자 지방에서 눈과 귀를 닫고 우물 안 개구리로 살던 그들은 빙산과 유빙이 떠다니는 풍경을 보곤 절경이라 감탄하기도 했지만.

뱃사람들의 거친 언사를 동반한 강요 탓에 경치를 즐길 여유 따위 없이 바닥 청소를 하며 추위에 떨어야 했다.

"…이보시오, 앞으로 얼마나 더 가야 합니까?"

송계사는 그간의 자존심도 버리고 어느 수병에게 반존대를 하며 물었지만, 돌아오는 것은 욕설뿐이었다.

"네놈이 그걸 알아서 뭐 하게? 그딴 질문 늘어놓기 전에 손이나 움직여! 아까부터 자꾸 설렁설렁 움직이던 거 내가 모를 줄 아나?"

"아니, 그래도 내가 가야 할 곳이니 물어볼 수도 있고, 일이 익숙하지 않으니 그럴 수도 있는데 반말은 너무 심……"

송계사는 말을 채 마치지도 못하고 가죽 장화를 신은 수병에게 정강이 부분을 걷어차이고 말았다.

"아아악! 이게 대체 무슨 짓이오!"

"무슨 짓이긴, 주제도 모르는 잔반 나부랭이에게 현실을 일깨워 주는 거지! 여기가 네놈 안방이냐? 정신 안 차려?"

갑판에 나와 있던 다른 잔반들은 송계사가 얻어맞는 것을 보곤 놀라기는커녕 쌤통이라 여겼고.

개중 몇몇은 대놓고 웃음을 보이며 수병들에게 잘 보이려 하는 듯 빠르게 움직이기도 했다.

"어찌 국법을 어기고 사사로이 폭력을 행사한단 말이오! 내 이 일은 반드시 따져……"

고통으로 눈물을 흘리던 송계사는 재차 정강이를 걷어차이며 다시 한번 갑판 위를 굴렀고, 빈정거림을 들어야 했다.

"야, 내가 일찍이 너 같은 놈 꼴 보기 싫어서 고향을 떠나 배에 탔어. 그리 잘난 척하더니만, 청소조차 제대로 못 하는 놈이 어디서 말대답이야?"

"거기 무슨 일인가?"

소란을 듣고 온 무관이 수병에게 묻자, 송계사는 평소 그가 천시하던 서반(西班)이긴 하지만, 그래도 사대부이니 말이 통할 거라 믿으며 현 상황에 대해 고변했다.

그의 말을 경청한 무관은 한숨을 쉬곤 수병을 바라보았고, 송계사는 자신을 폭행한 이가 벌을 받으리라 예감했지만.

그의 바람은 이루어지지 않았다.

"자네 기분은 알겠는데, 살살 좀 다뤄. 미주까지 저들을 무사히 배달하는 게 우리 임무가 아닌가."

"예, 알겠습니다."

"이보시오! 그걸로 끝이오?"

송계사의 말을 들은 무관은 코웃음을 치며 답했다.

"그쪽은 내가 하급자에게 벌을 내리길 기대한 것인가?"

"내게 사사로이 폭행을 가했으니 당연한 요구가 아니오?"

"뭔가 착각하고 있는 듯한데, 배 위에선 선장의 말이 법도다. 그리고 내가 이 배의 선장이며, 내가 성상께 받은 명은 너휠 최대한 많이 살려 미주에 데려다주는 것뿐. 그 과정에 피치 못할 불상사가 벌어지길 바라느냐?"

"아… 아닙니다."

"그럼 네가 해야 할 일이 뭐지?"

"갑판을 청소하는 것이지요……."

"좋아. 잘 알아들었군. 그런데 군역 안 다녀왔나? 상급자를 대하는 말투가 영 엉망인데?"

"그게… 제가 허리가 좋지 못해서……."

"하, 가지가지 하는군. 군역도 지지 않은 반푼이 잔반이라
니."

결국 송계사는 그 일로 찍혀 수시로 수병들이나 무관에게
호출당해 강제로 노동에 시달렸고.

선창에서 같이 지내던 잔반들에게 바람 자주 쐬어 좋겠다
는 비꼼마저 들어야 했다.

그러는 사이 1차 이민 선단은 보급과 정비를 위해 아누국
에 도달했다.

그러나 배에서 내릴 수 있는 건 병이 난 이들을 포함한 소
수였고, 나머진 배에 갇힌 채 일주일가량을 보내야 했다.

그리고 장기간 요양이 필요한 병자를 제외하곤 다시 먼 길
을 떠났다.

그 과정에서 송계사를 비롯해 자신의 처지를 자각하지 못
한 채 안하무인으로 굴던 잔반들은 현재의 신분에 맞는 예법
을 주입받았다.

어렵게 도착한 미주에선 신주성의 목사 권람이 나와 느닷
없는 노예 후보생들을 보며 환호하듯 선단의 책임자와 선장들
의 노고를 치하했고.

그들은 얼마 지나지 않아 그들이 만인소 당시 명분으로 삼

앉던 광무제와 대면하게 되었다.

* * *

난 미주왕부를 열자마자 아들에게 최고의 선물을 받았다.

새로운 왕부가 조선의 제1왕부인 심양에 준하는 위(位)를 받은 것이다.

거기엔 황제를 대신해 미주의 관원들을 감사할 수 있으며, 더불어 선주민에게 명예직을 내릴 수 있는 권한이 포함되었다.

함께 딸려 온 놈들이 잔반 출신에 거한 사고를 친 놈들이긴 하지만, 그런 건 내가 충분히 억누를 수 있는 문제고.

듣자 하니, 저들은 그리도 날 잊지 못해 황도로 다시 모셔 오라고 단체로 상소를 올리고 시위할 정도였다나.

물론 그 속셈이야 뻔하긴 하지만, 저들이 충(忠)이란 명분에 죽고 사는 전통적인 유학자인 이상, 날 따를 수밖에 없기도 하지.

배운 게 유학과 성리학 쪽으로 치우치긴 했지만, 최소한의 기초교육은 뗀 식자 1만 2천과 그들의 가족들이란 게 현 상황에서 가장 중요하다.

1차로 도착한 인원이 7천가량 되는데, 개중에서 여자와 어린아이를 제외하고 당장 쓸 만한 노예 후보를 추리면 천 명이 채 안 된다고 한다.

게다가 앞으로 수차례에 걸쳐 총 6만에 달하는 인원이 올 거라고 하니, 신중하게 계획을 짜고 분산시켜야겠다는 생각이 들었다.

"영전을 축하하네."

이민 선단과 함께 도착한 소식 중엔 이팔동의 귀환 명령이 있었다고 한다.

"망극할 따름이옵니다. 사감을 말씀드리자면, 상황 폐하를 더 모시지 못해 아쉬울 따름이옵니다."

이팔동은 여기서 벗어나는 게 기쁜지, 마음에도 없는 소릴 하는 듯했다.

"정 그렇다면, 내가 성상께 청해서 남도록 조처할 수도 있네만."

"아, 아니옵니다. 어찌 소관이 그런 수고를 끼칠 수 있겠사옵니까?"

결국 이팔동은 본전도 찾지 못한 채, 불안해 보이는 표정을 보였고, 난 웃으면서 말을 이어갔다.

"농이었네. 그건 그렇고, 자네 후임은 누구로 정해졌다고 하던가?"

내 말이 떨어지자, 이팔동은 안도한 듯한 표정을 지으며 답했다.

"그게, 본래는 죄인 구문로를 제 자리로 승진시킬 예정이었다고 합니다. 그런데, 사정이 이리되어 공석이 되고 말았습니다."

구문로는 지금쯤 엄중한 감시하에 자기가 불태우고 소금을 뿌린 밭들을 복구하기 위한 작업에 한창일 거다.

"음, 그건 걱정하지 말게. 자네 자리가 공석이라고 해도 내가 능히 감당할 수 있으니. 그리고 조만간, 그를 대신할 인물이 오게 될 걸세."

"생각해 두신 이라도 있으신 겁니까?"

"그래. 지금은 아들내미와 즐겁게 지내고 있겠지만."

"예? 그게 무슨 말씀이신지……?"

"아, 자넨 몰라도 되는 이야기일세. 그럼 귀환할 준비 잘하게. 그리고 이건 내가 본국에 보내는 장계고, 이건 북명으로 보내는 서신들이니, 잘 챙겨 가고."

대차에 담긴 장계들과 서신을 본 이팔동은 고개를 숙이며 답했다.

"예, 그럼 소관은 이만 물러나겠습니다."

이팔동을 보낸 난 그의 휘하였던 이들을 활용해 소가성의 군대를 재편성했고.

신주에서 소가로 보내진 잔반들을 면접을 통해 분류하고

적절한 직책을 만들어주었다.

대부분은 실무 경험이 없기에 단순 사무직이나 향리 같은 직책이 되었고, 개중엔 병졸이 된 이들도 있었다.

병졸로 만든 놈들은 아무리 본심을 숨겨도 흘러나오는 꼰대의 향이 느껴졌기 때문이었지.

이참에 이놈들의 가치관과 사고방식을 개조해서 쓸모 있는 국가의 노예로 만들려 한다.

난 인력이 충당된 김에 반쯤 주먹구구식으로 돌아가던 소가성에 기본이 될 부서들을 만들어두고, 적임자가 생기기 전까진 내가 겸임해 두었다.

또한 수많은 후임 덕에 상급자로 승진한 기존의 향리와 관원에게 후임들을 사정없이 굴리라고 지시했고, 내가 그들에게 먼저 시범을 보여주었다.

사직의 노예를 모범적으로 다루는 법을 습득한 그들은 눈에 독이 올라 후임들을 쥐 잡듯이 잡았고, 소가성의 관사는 매일같이 불이 꺼지지 않았다.

한편, 승진한 관료 중에서 선주민의 말을 조금이나마 할 줄 아는 이들에겐 별도의 직책을 수여하고, 그들을 도와 통치를 돕는 임무를 맡겼다.

이런 방식의 체계는 조선의 북방에서 여진족과 몽골계를 상대로 이미 해봤던 일이고, 그들이 조선과 동화된 지금도 어느 정도는 이어지는 체계이기도 하다.

선주민의 추장들에게는 내가 내릴 수 있는 명예직인 백호나 천호를 제수하고, 마을이 발전해 인구가 늘면 승진시켜 관직에 걸맞은 혜택을 주겠다고도 구슬려 두었다.

저들도 짧은 기간이나마, 소가성과 교류하면서 발달한 문명의 맛을 보았는지 대부분 내 제안을 기꺼워했고, 구문로 사건을 통해 호감을 느낀 이들은 날 위대한 선조라 부르기도 했다.

그건 그렇고, 내가 분류한 잔반 중엔 어디에도 속하지 못한 이들도 있었다.

정말 골수까지 옛 신분제를 고수하는 꼴통, 즉 원리주의자들이었는데, 난 그들에게 현실을 알아보라는 의미에서 소가성에서 한참 떨어진 빈 땅을 주고 가족과 함께 그곳을 개척하라는 임무를 내렸다.

저들은 대부분 소작을 부쳐본 경험은 있어도, 자신의 손으로 직접 농사를 지어본 이들은 없다.

게다가 이곳에 호랑이는 없어도 늑대나 퓨마, 곰 같은 맹수가 즐비하다.

하다못해 초식동물인 들소 무리도 먼저 자리를 잡은 이주민들의 농장과 목장을 짓밟고 지나가 무수한 피해를 주고 있는 상황.

저들은 이 기회에 진정한 경자유전의 뜻을 알 수 있게 되겠지.

어쩌면 그들이 얕보던 북방계 이주민이나 선주민과도 마찰을 일으킬 수도 있지만, 살아남으려면 스스로 자신을 보호해야 할 거다.

한편, 내가 사무직으로 분류한 송계사라는 이는 만인소의 주도자 중 한 명이라고 하는데, 다른 잔반들에게 단단히 찍혔는지 노골적으로 따돌림 당하는 게 눈에 띌 정도다.

내가 볼 땐 그는 전형적인 유생이긴 하지만, 겁이 많은 성격이었다.

따돌림을 당하는 와중에도 딱히 문제를 일으키진 않았기에, 당분간 내가 데리고 다니면서 부려먹으려 마음먹었다.

"앞으로 날 따라다니거라."

내 집무실에 호출된 송계사는 어안이 벙벙한 듯, 얼빠진 표정을 지었다.

"예?"

"못 들었으면 다시 한번 말해주지. 네 담당 업무를 변경한다는 이야기다."

"예."

"혹시 말은 탈 줄 아느냐?"

"예, 그렇습니다."

"일전에 면담에서 허리가 안 좋아서 군역도 못 치렀다고 하지 않았나?"

"그것이, 어찌 된 일인가 하면……."

"굳이 설명할 필요는 없고. 다룰 줄 아는 무기는 있나?"

"활을 조금 다룰 줄 아나, 능하진 못합니다."

"나름대로 사대부였다는 자가, 육예를 소홀히 했군."

송계사는 입을 우물거리며 무언갈 이야기하려다 삼키고 침묵했다.

"……"

"가까운 곳이나 한번 돌고 오지."

난 수행 무관들을 데리고 소가성 주변을 순시할 목적으로 이동했는데, 송계사가 번번이 뒤처지게 되어 속도를 줄일 수밖에 없었다.

"말은 탈 줄 안다면서, 이 정도 속도를 따라오기 힘든가?"

"허억, 허억. 소관은 이렇게 빨리 달려본 적은 없는지라……."

이걸 보니 무릇 송계사뿐만이 아니라, 잔반 대부분이 이럴 것 같다는 예감이 들었다.

"그럼 잠시 쉬도록 하지."

난 잠시 쉬면서 성리학에 관해 이야기했는데, 송계사는 그 부분에선 자부심이 대단한지 당돌하게 치고 나왔지만, 녀석의 이야긴 허점투성이나 다름없었다.

그 모습은 멋모르고 내게 덤비던 어린 시절의 신숙주를 논파한 것도 모자라 북방으로 보냈던 기억을 떠오르게 했다.

"하, 그는 능력이라도 있었는데."

"갑자기 그게 무슨 말씀이십니까?"

"아니다. 널 보니 옛 생각이 나서. 그건 그렇고, 넌 선친이 이리 말했다, 혹은 저렇게 가르쳤다, 성현의 말씀이야말로 틀린 점이 없다고 하는데 말이야……. 혹시 경전 말고 다른 책은 읽어본 적이 있긴 하냐?"

"어찌 유자가 되어 사서를 공부하는 것에 소홀히 할 수 있겠습니까."

"그럼 요즘 나온 소설이나 새로운 경서 같은 건 읽어봤느냐?"

"유자가 어찌 패속(敗俗)한……."

송계사는 말을 하다가 내 눈총에 겁을 먹고 말을 흐렸고, 난 어이없는 기색을 숨기지 않은 채 답했다.

"넌, 내가 쓴 책이 몇 권인 줄은 아느냐? 개중엔 소설도 있고, 조정의 경연에 쓰이는 병서나 경서만 해도 셀 수가 없을 지경인데."

"소, 송구하옵니다. 허나, 한창 학문에 전념해야 할 이들이 삿되고 허황된 이야기에 빠져 공부를 멀리하는 것을 보았기에 그리 말씀드린 것이옵니다. 또한, 새로운 경서는 아직 접해보지 못했습니다."

접해보지 못한 게 아니라, 읽을 생각이 없었던 거겠지. 아무튼, 이런 집안 분위기가 이어져서 후세에 조선 최고의 슈퍼스타가 태어난 거였구나.

이제부턴 송계사는 내가 계속 데리고 다니면서 철저하게 교육해야겠다.

어떻게 보면 데리고 놀 만한 상대라고도 봐야 하나? 나름대로 괴롭히는 재미가 쏠쏠하겠어.

난 그날부터, 송계사를 상선 겸 도승지처럼 데리고 다니며 공무를 처리했다.

명목상으론 유림의 거두라곤 하지만, 따지고 보자면 그 명성은 아비의 후광 덕이고, 책이나 읽던 일개 생원이었던 그에겐 경험해 보지 못했을 업무들과 더불어 개인적인 숙제가 주어졌다.

내 저작을 읽어보고 감상문을 적어 오라고 하는 것부터 시작했더니, 아직 물이 덜 빠진 듯 부정적인 반응을 보이며 비판적인 의견을 적기도 했으나.

그럴 때마다 내 신랄한 지적이 담긴 답신과 더불어 더 많은 과제를 넘겨받아야 했다.

나도 본래 조선에서 아버지 다음가는 성리학자이며, 동시에 조선식 철학과 실학의 창시자나 다름없다.

그런 내게 어설픈 논리와 더불어 무작정 성현과 선친의 의견에 기댄 의거 따윈 통하지 않았고, 송계사는 매일같이 공무와 숙제를 동시에 처리해야만 했다.

"다시."

"예, 알겠습니다."

"그리고 이것도 다시."

"……"

송계사가 내게 결재를 반려당한 와중에도 나가지 않고 날 바라보기에 물었다.

"왜, 궁금한 거라도 있나?"

"지난번에 말씀하셨던 경세국론에서 궁금한 점이 있사온 데……"

송계사는 매일같이 구르다 보니, 유학 중심이었던 사고관이 마침내 무너졌는지, 실학의 경서나 다름없는 경세국론에 조금씩 관심을 보이는 듯했다.

난 그런 송계사가 기특해서 성삼문이나 신숙주에게 맡겼던 일을 시험 삼아 과제로 내기도 했고.

그도 나름대로 머리를 쓰긴 했지만, 아직 그들의 수준에 미치진 못했는지 통과하지 못했다.

그렇게 송계사가 변해갈 무렵, 다른 잔반들도 선배 관원들에게 갈려 나가며 적응했는지 순종적인 사직의 노예가 되었다.

그로부터 반년이 지나 2차 이민 선단을 맞이하자, 그들은 자신의 후임이 생긴 것에 기뻐하며 그들이 그동안 당한 일을 그대로 돌려주려는 듯 보였다.

한편, 권람도 신주성에서 나와 같은 과정을 겪고 있는지 서신에다가 고충을 토로하기도 했다.

내가 알기론 권람의 임기도 곧 끝나가는데, 최초 계획대로 그를 불러 곁에 두고 써야겠다는 생각이 들었다.

그건 그렇고, 지금쯤이면 내가 보낸 편지가 도착했으려나?

*   *   *

북명의 감찰직인 순무대신이자, 조정의 실세 중 하나인 한명회는 북경에서 안락한 삶을 즐기고 있었다.

조선을 등에 업은 한명회는 상관인 석형이나 다른 칠부의 수장들도 눈치를 봐야 할 정도로 막대한 권력을 쥐고 있기도 하다.

다만 이부의 수장이었던 대학자 경헌 선생, 설선에겐 그런 위세가 통하지 않기도 했고, 둘은 거의 동등한 위치에서 협력하며 국정을 이끌어 나가는 관계이기도 했다.

그런 설선이 3년 전에 세상을 떠나자, 한명회는 상관인 석형을 전면으로 내세워 정국을 장악했고, 막후에서 북명을 조정하는 실세가 되었다.

하지만 그런 그에게도 넘을 수 없는 선이 있었으니, 명목상이나마 천자인 정통제와 더불어 북명을 실질적으로 조정하는 광무제였다.

그런 그는 자기 아들들만큼은 본국에서 출세하기를 바랐고, 나이가 차자 조선으로 보내 군역을 치르게 했다.

맏아들 한보가 사관학교에서 종친인 도원군 이장과 마찰이 있었다는 이야길 듣긴 했으나, 그가 한때 손봐주었던 진양대군의 아들이란 이야길 듣고 되레 아들을 칭찬하기도 했다.

그러나, 영원히 제위에 있을 것 같았던 광무제가 상황으로 물러나 먼 곳으로 떠났다는 소식이 들려오자, 그는 그동안 생각해 보지 못했던 선택지를 떠올렸다.

한명회는 발칙하게도 이른 나이에 은퇴를 꿈꾸게 된 것이었다.

그는 북경의 암흑가에도 손이 닿고 있었으며, 광무정난 당시 그와 함께 싸웠던 주먹 패들은 한명회의 비호하에 양지로 나와 사업을 벌여 번성하고 있기도 했다.

그런 그였기에 지금 당장 은퇴한다고 해도 몇 대가 놀고먹을 만한 재물을 모아둔 상황.

관직에서 물러나도 그간 쌓아온 인맥에 힘입어 조정대신들을 조정해 가며 지낼 수 있을 거라 생각한 것이었다.

한때 그의 친우였던 권람이 주먹 패에 잘못 엮여서 유배를 가듯 해삼위로 부임했고, 뒤이어 신대륙까지 가게 된 것을 보면 둘의 차이가 극명하다 할 수 있었다.

"편지가 왔다고?"

"예. 그렇습니다, 대인."

한명회는 하급자가 가져다준 편지를 보곤, 옛 친우 권람이 보낸 것임을 알게 되었다.

그는 권람이 한성의 주먹 패와 연루되었을 때 냉정하게 선을 그었고, 그것으로 그와 인연이 끊어졌다고 생각했었다.

"으음……. 거참, 오지에서 고생이 많군. 정말 날 원망하진 않는 건가?"

옛 친우의 편지를 읽어본 한명회는 그곳에 오지 생활에 대한 고충만 적혀 있을 뿐, 의외로 자신을 탓하거나 원망하는 문구가 적혀 있지 않음에 놀랐다.

하지만 장문의 편지를 한참 동안 읽어보던 그는 마지막 문장에서 생뚱맞은 감정을 느껴야 했다.

"곧 다시 만날 날을 기대한다고?"

밑도 끝도 없이 적힌 마지막 문장을 두고, 한명회는 그가 외지의 임기를 마치고 북경으로 자신을 만나러 오는 것인가 하고 고민했지만.

그러는 사이 편지를 전해주었던 하급자가 다시금 집무실의

문을 두드렸다.

"무슨 일인가?"

"대인, 칙지가 내려왔사옵니다."

"알겠다."

한명회는 태감이 가져온 천자의 명령서에 대고 절을 한 다음, 그 내용을 듣다가 낭독하는 내관의 말이 믿기지 않아 다시 한번 되물었다.

"자, 잠깐! 내가 뭘 잘못 들은 듯한데, 혹시 뭔가 잘못 전달된 것 아닌가?"

이제는 고인이 된 왕진의 후임, 조선 출신 태감 정동은 막후에서 무소불위의 권력을 휘두르던 한명회에게 겁먹지 않고 침착하게 답했다.

"대인, 방금 들으신 것에서 잘못된 점은 없습니다. 금일부로 순무직에서 물러나시고, 해삼위로 이동해 배에 오르라는 황명입니다."

"혹시 상서들이 황상을 알현하기라도 했나?"

한명회는 자신의 눈치를 보는 상서들이 짜고 자신을 쳐내려는 것인지 떠봤지만.

"아닙니다. 황상께서 광무왕 전하의 서신을 받으신 다음 결정하신 일입니다."

정동은 한명회의 착각을 정정해 주었다.

한명회는 그제야 권람이 왜 다시 만날 날을 고대한다는 문구를 적어 보냈는지 알 것 같았고.

그동안 북경에서 누리던 안락한 삶은 다시 돌아올 수 없다는 것을 실감하며 절망의 나락에 빠졌다.

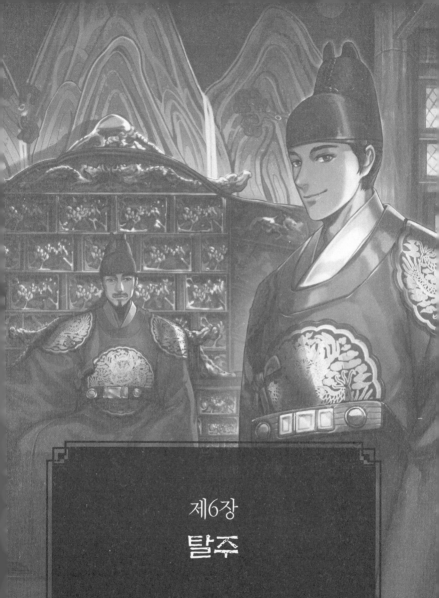

제6장

탈주

난 2차 이민 선단이 귀환할 무렵, 광무함을 타고 마야에서 돌아온 남빈과 최광손을 만날 수 있었다.

"그래, 자네 아들은 잘 있던가?"

남빈은 그동안 잘 먹고 지냈는지 얼굴에 살이 약간 오른 모습으로 웃으며 답했다.

"예, 소관에게 손주가 넷이나 생겼습니다."

"그래? 정말 경사로군. 자네 며느리는 어떻던가."

"그게… 처음 봤을 땐 선입견을 품긴 했지만, 알고 보니 참하고 복스러운 며느리더군요."

최광손은 남빈의 말이 끝나기가 무섭게 웃음을 터뜨렸고, 남빈은 그런 친구를 쏘아보았다.

"해사제독은 어찌하여 그러는가?"

"이 촌놈이 이국의 복식을 본 적이 없었는지, 첫 대면 자리에서 남왕후를 제대로 쳐다보지도 못했습니다."

"어째서?"

"본래 저쪽 지방이나 남방의 섬 같은 곳에선 여인들이 가슴을 거의 가리지 않사옵니다. 남왕후의 경우엔 구슬을 꿴 목걸이나 장식으로 일부를 가리긴 했으나, 저놈이 보기엔 민망했는지 필사적으로 고개를 돌리더군요."

"무례하게 남의 며느리를 뻔히 바라본 놈이 말이 많아."

"아아, 솔직히 말하자면 네 며느리가 내가 미주에서 본 여인 중에서 가장 곱긴 했으니까."

"뭐가 어쩌고 어째? 이놈이 어디서 감히……."

최광손은 발끈한 남빈에게 피식 웃으면서 답했다.

"그래도 우리 며느리가 낫더라."

"야, 세상에 그 아이보다 더 예쁜 며늘아기가 어딨어?"

"허, 우리 집 아갈 본 적도 없으면서 무슨 자신감으로 호언장담을 해?"

…저 둘은 이젠 별걸 가지고 다 싸우네.

항해 중에도 아웅다웅하는 모습을 많이 보긴 했지만, 저 정도까진 아니었던 거 같은데.

나이가 들면 도로 어려진다는 말이 저들에겐 꼭 들어맞는 건가.

어쩌면 나이는 그저 숫자에 불과하고 사람의 본질은 변하지 않는다는 쪽이 더 정확할지도.

"그만. 거기까지 하고, 앞으로 둘 다 왕부의 일을 맡아주게나."

소란을 피우던 둘은 한순간에 침묵했고, 최광손은 창백해 보이는 낯빛으로 물었다.

"소관이 뭔가 헛것을 들은 듯한데, 다시 한번 말씀해 주시겠습니까?"

"못 들은 척하는 건 식상하지 않나? 다시 한번 말하지. 앞으로 내 곁에 머물면서 날 도와주게."

"상황 폐하, 소관은 광무함의 선장이자, 원정 함대의 해사제독이옵니다. 그런 제가 어찌 직책을 버리고 이곳에 머물 수 있겠습니까?"

"일전에 조정에서 나온 이야길 듣자 하니, 자네 후임으로 이거(李琚)란 이가 거론된다던데. 자네 역시 그를 마음에 두고 있는 걸 내가 항해 동안 파악했고."

그러자 최광손은 다급하게 무릎을 꿇으며 답했다.

"소, 소관에겐 아직 가보지 못한 땅이 많사옵니다!"

"대체 어딜 가고 싶은데 그러나?"

"상황께서도 아시다시피, 소관은 아대륙이나 서역, 개중에서도 경교도들이 사는 땅엔 발을 들여본 적이 없사옵니다!"

아, 그러니까 아프리카랑 유럽에 가본 적이 없으니 유예를 달라는 이야기로군.

으음……. 그러고 보니 세계 일주는 아직 달성되지 않은 기록이었지?

"알겠네. 자네에게 도움이 될 만한 해도를 따로 내릴 테니 받아 가게나."

"성은이 망극하옵니다!"

"그리고, 신임 소가성 절제사. 앞으로 잘 부탁하네."

남빈은 느닷없는 관직 수여가 굉장히 기쁜 듯, 몸을 떨고 있었다.

"태상황께서 얼마 전에 도착한 이민 선단을 통해 자네 부인을 함께 보내주셨다네. 알고 있었나?"

"몰랐사옵니다."

"그래서 내가 살림살이도 직접 챙겨주고, 자네가 머물 가택도 소가성 안에 지어주었다네."

본래는 금광 지대를 보호할 군사 요새로 시작했지만, 이주민이 늘어나는 바람에 소가성은 말 그대로 성이 되어가고 있었다.

"마, 망극할 따름이옵니다."

"내가 자네에게 그 정도도 못 해주겠는가. 그리고 해마다 휴가도 넉넉히 주겠네. 그럼 내외가 아들을 자주 만나러 갈 수도 있으니 얼마나 좋은가."

"서… 성은이 망극하옵니다."

남빈이 거부할 수 없는 운명을 받아들이자, 최광손은 여기서 홀로 탈출하는 것이 못내 기쁜 듯, 웃음을 참는 모양새였다.

그래 봐야 세계 일주만 끝내면 홍위에게 청해서 여기로 보내달라고 할 건데, 너무 기뻐하긴 이르지.

이참에 전성기를 나와 함께 보낸 이들도 전부 불러들이고 싶은 마음도 있긴 한데, 다들 요직에 있어서 당분간은 그럴 수 없는 게 한이긴 하다.

하지만, 내가 없는 상황에서 북명을 장악한 한명회는 그대로 내버려 둘 수가 없었다.

내가 있기에 그가 선을 지킬 수 있었던 것인데, 현 상황에선 고삐에서 풀려나 폭주할 가능성이 크니까.

아무튼, 이곳으로 오기 전에 홍위와 이야기해 둔 게 있으니, 다들 언젠가 내 품에 다시 안길 날이 오긴 할 거다.

*　　　　*　　　　*

미주왕부가 열린 후, 시간이 흘러 4번째 이민 선단을 받아 본격적으로 확장을 시작할 무렵, 소가성에서 500리가량 떨어진 잔반 기축(奇軸)의 집에 변고가 생겼다.

한때 광무제 아래서 벼슬을 지내던 기건(奇虔)의 아들, 기축은 선황에게 나름대로 대접을 받았던 선친을 믿고 음서직으로 벼슬에 나서려 공부를 게을리했었다.

기건은 원역사에서 수양대군이 왕위를 찬탈하자 스스로 관직을 버리고 저항했던 인물이었지만, 정작 음서로 관직에 나섰던 아들은 권력에 굴복하고 말았다.

달라진 역사 속에선 음서 제도가 폐지되고 사대부의 자격마저 제한을 받자, 집안만 믿고 있던 기축은 결국 잔반이 되고 말았다.

기축은 주변에 휩쓸리기 쉬운 성미로 말미암아 만인소에 이름을 올려 시위에 동참했고, 그 결과로 이곳에 보내지게 되었다.

기축은 광무제와의 면접 당시, 세상을 떠난 아비가 널 부끄러워할 거란 타박을 듣곤, 졸지에 팔자에도 없던 농사를 짓게 되었다.

"임자, 이게 대체 무슨 일이오?"

기축이 굉음에 놀라 통나무집 밖으로 나오며 소리치자, 그의 아내 정씨가 답했다.

"길 잃은 들소가 울타리를 부수고 뛰어들어서 우리 밭을 짓밟고 있는데 태평하게 책이나 보고 있고! 참 팔자 좋소!"

정씨는 말을 마침과 동시에 활시위를 당겨 난동을 부리는 거대한 들소의 눈을 겨누었고 시위를 떠난 화살은 정확하게 목표에 명중했다.

"찬아! 어서 창을 준비하거라!"

"예! 어머니."

본래 군역의 의무를 다하고 새로운 학문을 익히며 과거시험을 준비하다가 아버지 때문에 이곳으로 오게 된 기찬은 어머니의 지시에 장창을 잡고 고통에 몸부림치는 버팔로를 주시했다.

"얘야! 가죽이 상하지 않게 목을 노리거라."

"예, 저도 알고 있습니다."

신중하게 목표를 가늠하던 기찬은 절호의 기회를 잡아 목을 찌른 후 손에서 창을 놓았다.

괴물과도 같은 덩치의 들소는 한참을 발버둥 치다가 과다출혈로 절명했고, 멀리서 그 광경을 지켜보던 정씨는 혀를 찼다.

"아이고, 그냥 곱게 죽을 것이지. 뒤지면서도 주변을 다 헤집어놓고 가네. 이 망할 놈 같으니."

가장인 기축은 놀란 마음에 부인에게 말을 걸었다.

"임자, 어디 다친 데는 없소?"

"보시다시피 일없네요."

"부인, 요즘 말이 너무 거친 것 같은데, 조금……."

"참 내, 우리 부군께선 아직도 헛꿈에 빠져 사시나 봐."

"어허, 그게 부인께서 남편한테 할 소리요?"

"할 줄 모른다고 밭일도 안 하고!"

"……."

"그렇다고 사냥에 나서길 하나? 우리 찬이랑 나 없었으면 굶어 죽었을 사람이 입만 살아서 유세야!"

"그래도……."

"할 거 없으면 칼 들고 와서 이거 해체하는 거나 돕든가. 아, 아니네. 괜히 귀한 가죽만 망칠라. 그냥 들어가서 보던 거나 봐요."

"미안하오……."

이런 일은 비단 이곳에서만 일어나는 상황이 아니었다.

왕부에서 일을 얻지 못하고 개척지로 밀려난 잔반들은, 무능력자에다 꽉 막힌 사고를 가진 경우가 대다수였고.

되레 그들의 아내나 가족들이 살아남기 위해 고군분투하고 있었다.

이곳에 오기 전까지만 해도 취미로 활을 쏘고 미용과 출산을 위해 양생법을 익히던 여인들은 자신의 영역을 침범하는 맹수들을 쫓아내기 위해 투쟁하며 현실에 적응했다.

"어머니, 소자가 돕겠습니다."

"그래, 넌 네 아비처럼 되면 안 된다. 알겠지?"

기축이 애써 아내의 이야길 못 들은 척하며 집에 들어가자, 아들은 어머니를 위로하듯 답했다.

"제가 반드시 이곳에서 출세해 두 분을 편히 모시겠습니다."

정 씨는 짧게 자른 아들의 머리를 쓰다듬으며 웃었다.

"그래, 내가 우리 아들만 믿고 산다. 어이구, 이쁜 우리 아들."

"어머니, 소자도 이제 나이가 있는데 그건 좀……."

"아니. 아들이 몇 살이건, 어미가 예뻐하는 게 무슨 흠이 된다고 그래? 그건 그렇고, 우리 찬이 장가도 가야 하는데, 봐둔 아이는 있어?"

"어… 없습니다."

기찬은 마음에 둔 상대를 떠올리며 얼굴을 붉혔고, 그런 그의 모습은 어머니의 촉에 감지되었다.

"없기는, 귀신을 속여라. 누군데, 혹시 저 옆에 자리 잡은 풍양 조가네 딸은 아니지? 그 집안은 허우댄 멀쩡해도 네 아비보다 더한 무능력자들만 가득한 집이니, 절대로 안 된다."

"아녜요."

"그럼 저기 산 너머 안동 김가? 거기도 좀 그런데……."

기찬은 손을 쉬지 않고 가죽을 벗기며 답했다.

"아닙니다."

"대체 누군데 그래? 이 어미가 모르는 집안이야?"

"때가 되면 아시게 될 겁니다."

기찬은 아직 밝힐 때가 아니라 생각하며 작업에 열중했고, 정씨도 금세 흥미를 잃었다.

"당분간은 고기로 포식을 하겠구나."

"어머니, 이걸 염장하기엔 소금이 좀 모자랄 것 같은데, 소가성에 다녀와야 할 듯싶습니다."

"아, 그렇겠네. 네 아비가 지난번에 사다 놓는다고 말만 하고 깜빡했었지."

"소자가 다녀올 테니, 어머닌 쉬고 계세요."

"쉬기는, 무슨. 이놈이 헤집어놓은 밭부터 다시 고쳐야지. 아무래도 이건 마이두 마을 사람들한테 도움 좀 받아야 할 것 같아."

"그들에게 뭘 내어 주시려고요?"

"지난번에 잡아서 말려놓은 빨간 여우 가죽이랑, 사당 포대 같은 걸 주면 도와줄 거다."

"네. 그럼 금방 다녀오겠습니다."

"금방은 무슨, 소가성까지 사나흘은 걸릴 텐데."

"아닙니다. 어머니의 말까지 데리고 나가면 이틀이면 다녀올 수 있어요."

"사윤(士贇)아, 잠도 안 자고 달리게?"

"예. 그래도 귀한 고기가 상하는 것보단 그게 낫죠."

그렇게 어머니의 말을 예비마로 삼아 길을 나선 기찬은 본래 가려던 길을 조금 벗어나, 어느 언덕 위에서 효시를 쏘았고.

한 시간 후 그곳에서 그의 정인을 만날 수 있었다.

"마토."

그의 연인은 조선인이 아닌 선주민 마이두족의 여인이었다.

"사빈, 보고 싶었오."

본래 기찬의 자는 사윤(士贇)이나, 빛날 윤(贇) 자의 받침을 발음하기 힘들어하는 마토 덕에 윤자가 빈으로도 읽히는 것을 이용해 사빈으로 부르게 한 것이다.

"나도. 혹시, 마토네 집에 소금 좀 있어?"

마토를 품에 안고 있던 기찬이 묻자, 그녀는 고개를 들어 눈을 맞추며 답했다.

"소금은 왜?"

"집에서 소를 잡았는데 길게 보관하려고. 소금을 구하면 멀리 안 가고 여기서 마토랑 내일까지 있을 수 있거든."

"정말? 아빠가 성에서 교환해 온 게 좀 있을 거야. 얼마나

원해?"

"한 포대 정도면 될 거야."

"그럼 잠깐만 여기서 기다려."

기찬은 마을로 달려가려던 마토에게 어머니의 말을 태워주었고, 마토는 승마에 나름대로 익숙한 모습을 보이며 부족의 마을을 향해 달렸다.

"마토! 조심해서 몰아!"

말에 부닥칠 뻔한 중년 여성이 소리치자, 마토는 뒤를 돌아보며 답했다.

"미안해요, 아주머니!"

마이두 부족의 추장은 천호직을 제수 받아 미주왕부에서 여러 물자를 지원받았고, 개중엔 말이 스무 마리 정도가 있었다.

이들은 귀중한 것을 공유하는 관습대로 말을 공용으로 쓰기로 하고 부족의 자산으로 삼았다.

지금은 파견된 조선인 관리의 도움을 받아 승마를 연습해 부족민 중에서 100여 명가량이 말을 탈 줄 알았다.

"마토! 그건 왜 들고 나가려는 거냐?"

창고로 쓰는 천막에서 소금 포대를 꺼내 가려던 그녀는 아버지에게 적발되었고.

"우리 사빈이 가져다주려고!"

"뭐?"

"어차피 나중에 가족이 되면 다 같이 쓰게 될 텐데, 상관없잖아."

마토의 아버지는 비로소 자식 키워봤자 소용없다던 조선인 관리의 푸념을 떠올리게 되었다.

"……."

"그럼 내일 돌아올게요!"

"하, 자식 농사란 말이 뭔가 했더니, 이런 거였구나."

푸념하던 마토의 아버지에게 어느새 추장이 다가와 말을 걸었다.

"그래도 네 딸이 우리 딸보단 낫다."

"어르신, 그건 무슨 말입니까?"

"그 녀석은 일도 제대로 할 줄 모르는데 얼굴만 잘난 놈하고 눈이 맞아서……. 자기가 먹여 살리겠다고 창고 털어서 집을 나갔어."

"아……."

그렇게 딸자식을 둔 아버지들의 한숨이 깊어갈 무렵, 저 멀리 조가의 영역에선 집 나간 아들을 찾아 헤매는 부모의 외침이 울려 퍼졌다.

한편, 잔반과 이주민, 선주민들이 어울려 사는 소가성을 뒤로한 채, 미주왕부의 도승지가 되어 고생하던 한명회는 남동쪽에 있다는 거대한 분지인 나바호로 떠나고 있었다.

*   *   *

길잡이로 나선 원주민들과 말을 타고 남동쪽으로 이동하던
한명회는 자신의 지난날을 떠올려 보았다.

그는 북경에서 모아둔 재산도 처분하지 못한 채, 함께 가기
싫다는 부인을 두고 떠밀리다시피 해삼위로 이동해 이민선에
몸을 실어야 했다.

그간 한명회의 눈치를 보던 관료들은 내심 좋아했지만, 감
찰직을 장악해 북명 조정을 통제하던 조선에서 그 자릴 비워
둘 리가 만무하기도 했다.

그는 떠나기 전에 친우인 성삼문에게 다음엔 네 차례라는
경고를 담은 서신을 보냈고, 항해 동안 그가 공포에 떨고 있으
리라 생각하며 위안으로 삼았지만.

정작 당사자인 성삼문은 서신을 접하곤 평생의 주군인 광
무제와 다시 만날 날을 고대하며 미주에 조선소를 세울 계획
을 짜고 있기도 했다.

그런 사실은 모른 채, 힘겨운 항해를 거쳐 미주에 도착한
한명회는 마침내 옛 친우인 권람과 더불어 상황과 재회했다.

그는 곧바로 뒤바뀐 처지를 자각해야 했다. 권람은 신주성

목사에서 물러나고 미주왕부의 정승급이나 다름없는 위치에 있었던 것이다.

한명회는 송계사가 전담하던 승지의 업무를 승계받았고, 예전에 자신이 세자 첨사원에서 했던 업무보다 한층 더 강도 높은 노동에 시달려야 했다.

또한 항해 도중 이곳에서 세력을 만들려던 계획도 산산히 부서지고 말았다.

그도 그럴 것이 하루하루가 광무제를 그림자처럼 따라다니며 처리하는 공무의 연속이었고, 사람들과의 관계도 예상한 것과는 다르게 흘러갔다.

콴시를 중요시하는 북경에 오래 있다 보니, 자신도 모르게 그들의 사고방식에 물들어 이질적으로 대한 것이다.

또한 한명회가 상대하는 잔반 출신 관료들은 본국에서 한 번 밀려난 이상, 문제를 일으킬 소지가 될 만한 제안이나 선물도 거부했다.

잔반 출신 관료들이 청렴해진 것은 개척 부대란 이름으로 백의종군 중인 전 첨절제사 구문로와 더불어 크고 작은 죄를 짓고 체포당해 거기에 합류한 이들 덕분이었다.

한명회는 새로운 인맥조차 제대로 만들지 못하고 공무에만 열중했지만, 한 나라를 좌우지하던 권력자였던 그에겐 의욕이 생기지 않는 것은 당연한 처지였고.

그런 그를 지켜보던 왕부의 주인은 그에게 새로운 임무를 내려 남동쪽으로 보냈다.

명령서의 내용은 실로 간단했다.

남동쪽의 선주민을 포섭하라.

내용은 간단했지만, 현 상황에서 그 업무의 내용은 되레 불가능에 가까웠다.

한명회가 일개 역관에서 기회를 잡아 출세하긴 했지만, 현 좌의정 신숙주처럼 천부적으로 타고난 어학적 재능을 가진 것도 아니었다.

게다가 의욕을 잃은 한명회의 입장에서 이것이 두 번째 좌천이나 다름없었기 때문이다.

"여기가 앞으로 너의 집."

이동하는 동안 별다른 대화조차 없었던 무뚝뚝한 길잡이의 서투른 조선말이 상념에 잠겨 있던 한명회를 일깨웠고.

관사의 새로운 주인은 앞으로 자신이 지내야 할 곳을 바라보며 막막함을 느꼈다.

그가 머물 곳은 본래의 역사에선 라스베이거스라고 불리던 도시의 동쪽 외곽이지만, 지금은 단지 멀리 호수가 보이는 황무지 위에 지어진 통나무집만이 홀로 자리 잡고 있었다.

새 방문자를 맞이한 이는 털북숭이의 몰골을 하고 웃는 것인지 우는 것인지 모를 표정으로 한명회를 맞이했다.

"차림을 보니 전령은 아닌 것 같은데……. 아무튼, 누군진 모르겠지만. 잘 오셨소이다!"

한명회는 졸지에 자신을 끌어안은 사내의 시큼한 냄새에 질겁했지만, 그 자신도 이동하는 동안 흙먼지와 땀에 절여져서 같은 처지란 것을 자각하지 못했다.

"난 이곳에 새로 부임한 한가의 명회요."

"아, 그러십니까? 이야, 드디어 끝이로구나!"

아무렇게나 자란 머리와 수염 덕에 나이를 가늠할 수 없는 사내는 어디선가 들어본 듯한 한명회의 이름 따윈 아랑곳하지 않고 이곳에서 벗어날 수 있다는 생각에 환호했다.

"저기… 앞으로 내가 여기서 뭘 하면 되오?"

"아, 여긴 본래 역참이라 열 마리의 말을 돌보는 것이 주된 업무입니다."

"여기가 역참이면, 전령이 자주 오고 가오?"

"아니요. 한두 달에 한 번 정도 오면 다행일까요. 사실, 그것도 최근 들어서 빈도가 늘어난 거고, 제가 처음 여기 왔을 땐 반년 가까이 아무도 못 봤었습니다. 그건 그렇고 말은 돌볼 줄 아십니까?"

"…이제부터라도 익혀야겠구려."

"아. 그럼 제가 언젠간 맞이할 후임을 위해 적어두었던 책자를 참고하시지요."

"책을 보고 말을 다루라는 건 좀 심하지 않소? 빨리 돌아가고 싶은 마음은 알겠는데, 직접 시범을 좀 보이는 게 어떻겠소?"

"그러죠. 그건 그렇고 무기는 좀 다룰 줄 아십니까?"

한명회는 옛 전쟁 당시의 기억을 떠올리며 답했다.

"단병 정도는 그럭저럭 다룰 순 있는데, 궁시나 총엔 문외한이나 다름없소."

"제가 쓰던 예비용 장총과 탄약을 전부 두고 갈 테니, 이제부터라도 연습하시는 게 좋을 겁니다."

"주변에 아무것도 없다면서 그럴 필요가 있소?"

"나라의 재산을 노리는 도둑 떼가 있습니다."

"그게 무슨 말이오?"

"이 근방엔 이리 떼가 자주 출몰합니다. 자칫 잘못하면 목숨을 잃을 수도 있어요."

"……"

한명회는 끝 모를 막막함을 느꼈고, 그를 데려왔던 길잡이는 며칠 뒤 대강이나마 마구간 일 가르치며 인계를 마친 전임자와 함께 신주성으로 되돌아갔다.

홀로 남게 된 한명회는 퀴퀴한 냄새가 나는 침상에 처박혀 현실을 부정하며 괴로워했고, 그 덕에 마구간의 말들은 하루를 꼬박 굶게 되었다.

다음 날이 돼서야 간신히 마음을 추스른 한명회는 자신이 앞으로 시간을 보내야 할 새집을 둘러보기 시작했다.

"허, 이게 다 건육인가. 많기도 하군."

전임자는 정기적으로 보급받은 식량 말고도 만일의 사태를 대비하기 위해 들소를 잡아 그 고기를 비축해 두었고, 산딸기처럼 생긴 이름 모를 과실도 말려서 비축해 두었다.

비축된 물자들을 확인한 한명회는 마구간으로 향했고, 일을 배울 당시엔 느끼지 못했었지만, 구조가 조금은 특이하단 것을 깨달았다.

사람 키보다 조금 높은 위치에 조그마한 창이 방위마다 하나씩 있었고, 성문을 축소해 놓은 듯한 육중한 문이 자리 잡고 있었던 것이다.

하지만 여전히 대수롭지 않게 여긴 채, 전임자가 했던 교육을 참고해 어설픈 몸놀림으로나마, 건초 더미를 헤집어 말들에게 먹이를 주다가 조선이나 북경에선 본 적 없던 생김새의 어린 염소 한 쌍이 있는 것을 발견했다.

한명회는 염소라고 착각하고 있지만, 그것들의 정체는 빅혼이라 불리는 큰뿔양이었고 수컷 성체는 뿔의 길이만 1미터 가까이 자라는 종이기도 했다.

"미안하구나. 어젠 내가 좀 심란해서, 너희가 여기 있는 걸 잊었단다."

말들과 염소는 하루를 꼬박 굶주렸기에, 먹이통에 고개를 박고 먹는 것에만 집중했다.

"하긴, 말을 상대로 말을 거는 내가 미친놈이지."

한명회가 말을 마치자 공교롭게도 덩치가 제일 큰 오명마 흑영(黑影)이 고개를 끄덕이며 울었다.

"이히힝—!"

"……."

한명회가 마구간의 식구들을 돌보는 것에도 조금씩 익숙해질 무렵, 그 외엔 아무것도 할 게 없다는 것을 깨닫곤 사격 연습을 하기 위해 총을 잡았다.

"그러니까… 이걸 이렇게 겨누고 이 방아쇠를 당기면……."

틱—

"뭐야, 이거 왜 안 나가?"

한명회는 수석식 장총에서 화약 접시에 발화를 일으키는 부싯돌을 빼놓은 채 격발을 시도했던 것이다.

그는 한참 동안 자신이 무엇을 잘못했는지 모른 채, 시행착오를 반복하다 총의 구조를 면밀하게 관찰하며 작동 원리를 파악했다.

그제야 총기 보관함에 들어 있던 조그만 돌들을 떠올리곤 그것을 가져와 총에 결합해 다시 사격을 시도했다.

탕—!

한명회의 첫 사격은 표적으로 삼은 나무에서 한참이나 빗나갔고, 당사자는 감상을 내비칠 새도 없이 화약의 매캐한 냄새에 질색하면서 연기를 손으로 흩어내곤 서툰 손놀림으로 재장전에 들어갔다.

그날부터 한명회는 취미 삼아 사격을 연마했고, 화약과 탄환은 넉넉히 있었기에 원 없이 총을 쏴볼 수 있었다.

한 달가량이 지나자 한명회는 50미터 안쪽의 고정된 목표는 그럭저럭 맞힐 수 있게 되었다.

한명회가 사격에 익숙해지던 무렵, 달이 어두운 밤에 말들과 염소들이 시끄럽게 우는 것을 듣고 잠에서 깨어났고, 비로소 전임자가 말한 도적 떼가 들이닥쳤다는 것을 직감했다.

한명회는 익숙해진 손놀림으로 총알을 잰 다음, 탄대를 허리에 맨 후 관사 밖으로 나섰고, 마구간 주변에서 으르렁대는 소릴 듣곤 빠르게 그곳으로 달렸다.

그는 신중한 몸놀림으로 마구간 입구의 횃불에 불을 붙여 주변을 밝혔고, 어둠 속에서 빛나는 눈들 수십 쌍이 그곳을 포위 중인 것을 보게 되었다.

한명회는 겁이 났지만, 잽싸게 마구간의 문을 열고 들어가 빗장을 걸어 잠갔다.

그다음엔 상자를 밟고 올라서서 창을 통해 총을 겨누었고, 총구에 긁힌 듯한 흔적들이 창틀에 남아 있는 것을 보곤 비로소 마구간의 특이한 구조를 이해할 수 있었다.

그는 꼬박 밤을 지새우며 이리 떼와 대치했고, 날이 밝아 그것들이 물러나는 것을 보곤 쓰러지듯 잠이 들었다.

"아, 뭐야."

한명회는 북경의 기루에서 보았던 여인이 나오는 단꿈에 빠져 있다가 잠에서 깼고, 그의 얼굴을 핥고 있는 말을 발견할 수 있었다.

마구간의 우두머리나 다름없는 흑영이 자신들을 지켜준 주인을 인정하듯, 기분 좋은 소릴 내었다.

"이히히힝!"

"그래, 나도 고맙구나."

한명회는 그동안 자신에게 주어진 임무라서 말들을 돌보긴 했으나, 따로 애착을 가지거나 정을 주진 않았다.

그러나 그들은 공동의 적에 맞서 서로를 지켜주는 관계로 변했고, 그러다 보니 한명회에게 새로운 가족이 생겼다.

"그래그래. 여기가 가려운 게냐?"

"이이이히힝~"

한명회는 말들과 더불어 여전히 염소라고 착각하고 있는 산양들을 데리고 가까운 호수까지 나서서 손수 목욕을 시켜주었고, 털을 빗겨가며 돌봐주었다.

"자자, 털이 마를 때까진 이걸 입자꾸나."

그는 식구들의 체온이 떨어질까 봐 마구간에 방치되어 있던 마갑에서 철판을 분리한 마의(馬衣)를 입혔다.

"그건 그렇고 우리 량이는 뿔이 왜 이리 크게 자라는 게냐. 내가 조금씩 갈아줘야 하는 건가?"

그가 량(亮)이란 이름을 지어준 숫산양은 어느새 송아지만 하게 자란 것도 모자라 서서히 뿔이 휘어져 가며 위용을 보이고 있었다.

그렇게 새로운 자식들이나 다름없는 이들을 깨끗하게 정비한 한명회가 관사로 돌아가려고 할 때, 그를 지켜보는 또 다른 눈동자들이 있었다.

그러나 한명회는 자신을 지켜보는 시선들을 눈치채지 못한 채 역참으로 돌아갔고, 다음 날 흐린 구름이 낀 관사 주변을 둘러보다 느닷없는 사태에 직면했다.

"뭐, 뭐야. 너흰!"

역참 주변을 둘러싸고 있는 8명의 사내에게 고함을 지르자, 한명회가 알아들을 수 없는 외침이 되돌아왔다.

그들은 이곳에서 한참 떨어진 분지에서 사는 부족이었으나, 들소 사냥에 나섰다가 그를 발견하고 쫓아온 것이었다.

사냥꾼을 통솔하는 어느 전사가 말에 타고 이동하는 한명회를 보곤 욕심을 낸 것이었고, 거기엔 최근 새로운 이웃 부족이 생겨 직면한 위협에도 어느 정도 연관이 있었다.

대표로 나선 사내가 한명회를 위협하며 여긴 자신들의 영역이니 대가로 너의 가축들을 내놓으라고 소리쳤지만, 각자 서로의 말을 모르는지라 양측의 대화는 전혀 통하지 않았다.

"가까이 오지 마!"

한명회는 등에 지고 있던 총을 꺼내 자신에게 접근하는 사낼 위협했다.

하지만 그들은 조선과 접촉한 적이 없어 총을 본 적도 없었기에 한명회의 위협은 먹히지 않았다.

원주민 전사 대표가 가슴을 쭉 내밀고 위협하는 자세로 한명회에게 다가오자, 그는 여기서 저놈을 죽인다 해도 다른 놈들에게 자신이 죽을 거라는 생각에 머리가 아득해졌다.

"물러나! 물러나라고!"

한명회의 뛰어난 머리로도 타개하지 못할 위기에서 의외의 원군이 도착했다.

─우우우우우!

일전에 마구간을 노렸던 이리 떼의 두목이 전보다 부쩍 늘어난 수십의 무리를 이끌고 근방의 언덕 아래서 소리를 죽인 채 접근한 것이었다.

전사들이 당황해 이리 떼에 맞서 뭉치는 사이, 한명회는 절호의 그 기회를 놓치지 않고 마구간 안으로 뛰어 들어가 문을 잠갔다.

졸지에 세 세력의 대치 구도가 이어졌고 뒤이어 흐린 하늘에서 비가 내렸다.

마구간 안에 자리를 잡은 한명회는 절호의 기회라 생각하고, 시범 삼아 이리 떼에게 총을 발사했다.

원주민 전사들과 대치하던 중 몸을 낮추고 있던 늑대 한 마리가 총에 맞아 절명했고, 전사들은 난데없는 사태에 놀랐지만, 진형을 유지했다.

1분가량이 지나자 다른 늑대가 또다시 피를 뿌리며 쓰러졌고, 전사들은 거기에 맞춰 활을 쏘고 손도끼를 던져 두 마리의 늑대를 추가로 사살했다.

그것을 지켜본 이리 떼의 대장 늑대가 으르렁대며 후퇴를 결정했고, 졸지에 목숨을 구한 전사들은 부끄러운 마음과 함께 정체불명의 무기를 두려워하며 그 자리에서 물러났다.

한명회는 그들이 전부 물러난 것을 확인하곤 가슴을 쓸어내리며 언제든 싸울 수 있도록 만반의 준비를 했지만, 다행히도 찾아오는 무리는 없었다.

그 후로 한 달이란 시간이 지났고, 전령 겸 보급을 담당한 이가 도착하자 한명회는 그가 겪었던 상황을 보고하곤 구원을 요청했지만, 증원이 이곳까지 오려면 한참이나 걸릴 것이란 말을 듣곤 체념했다.

시간이 더 흐르고 이리 떼나 부족 전사들의 위협도 희미해질 무렵, 한명회는 주변의 지리를 파악하기 위해 마구간 식구들을 이끌고 정찰에 나섰다.

그는 수원이자 목욕 장소로 쓰던 호수의 남쪽에서 동쪽으로 한참을 이동하다 거대한 계곡의 입구를 발견했고, 그곳의 경치에 놀라 입을 다물지 못했다.

그가 그동안 갈망하던 부에 대한 집착이나 권력 따윈 전부 하잘것없이 느껴질 정도로 장대한 대자연의 절경이 그의 눈앞에 펼쳐져 있었던 것이다.

해가 질 때까지 풍경에 취해 있던 그는 적당한 야영지를 찾아 불을 피웠고, 조두(樵斗, 냄비)의 뚜껑에 보급으로 내려온 커피콩을 볶아 뜨거운 물에 우려내곤 조심스럽게 입에 가져다 댔다.

북경에서도 즐겨 마시던 커피였지만, 천하 절경이라 할 만한 장소의 밤하늘을 보며 마시는 풍취나 맛은 예전과는 비교조차 할 수 없었다.

결국 정찰은 뒷전이고 눈앞에 풍경에 취해 시구를 떠올리며 대협곡, 그랜드캐니언을 찬양하는 시를 지으며 며칠을 보낸 그에게 난데없는 방문자가 생겼다.

다급하게 총을 들고 스무 명가량의 방문자를 맞이한 한명회는 그중에서 낯이 익은 얼굴을 발견하게 되었다.

한명회는 이제껏 모르고 있었지만, 그들이야말로 광무제가 내렸던 포섭 명령의 대상이자 그랜드캐니언 일대의 주민인 하바수파이족이였다.

"아, 누군가 했더니 자네였군."

한명회는 말이 통하지 않아 저들이 말들을 탐낸 것을 몰랐었고, 자신을 공격하지 않고 물러나 다시 찾아오지 않는 것을 두곤 오해가 있었으리라 생각했었다.

한편 하바수파이 부족의 전사 성난 들소는 일전에 그가 약탈하려 했었던 상대에게 도움을 받아 살아난 것을 떠올리곤 부끄러운 표정을 지었다.

성난 들소의 사정 설명 끝에 하바수파이족 일행이 무기를 바닥에 내려놓고 적대적인 의사가 없음을 밝히자, 한명회는 총을 내려놓으며 새 친구들을 환영하는 뜻으로 커피를 대접해 주었다.

커피를 처음 마시는 이들을 배려해 설탕을 듬뿍 넣고 량이의 짝에게 얻은 산양 젖을 넣은 커피는 하바수파이의 사람들에게 새로운 경험을 선사해 주었다.

하바수파이 일족은 답례의 의미로 그들에게도 귀중한 물품인 담뱃잎을 담뱃대에 담아 건넸다.

"여기다 불을 붙이라는 건가?"

담배를 권한 성난 들소가 불을 붙여 연기를 들이마시는 시범을 보이자, 한명회는 그를 따라 하다 기침을 하며 눈물을 쏟았다.

"커흑! 대체 이게 뭐야."

독한 연기가 폐로 들어간 탓에 기침하는 한명회를 보곤, 하바수파이의 사내들은 웃음을 보였고, 다시 한번 시범을 보였다.

한명회는 얕보이고 싶지 않은 마음에 억지로나마 그들을 따라 연기를 들이마셨지만, 자기도 모르게 흘러나오는 기침을 참을 순 없었다.

본래 중미 쪽의 주민들도 담배를 키워 기호품이나 제례용으로 쓰고 있었지만, 담배의 해악을 잘 아는 광무제 덕에 수입이 금지되어 있었기에 한명회는 접할 기회가 없었던 것이기도 했다.

눈물과 기침으로 가득한 의식 끝에 한명회는 새로운 친구들을 얻었고, 이후 조선에선 그들과 교류를 계기 삼아 본격적으로 미주 중부 개척이 시작되었다.

*   *   *

"아버지, 제발 다시 한번 생각해 주시지요."

산동성 절제사이자, 도독이기도 한 성삼문은 짐을 챙기다 만아들 맹첨의 만류에 답했다.

"아니다. 누가 뭐라 해도 갈 생각이니, 이 아비의 마음을 돌릴 생각은 말아라."

"그동안 여기서 일구어놓은 가문의 기반은 어쩌고 떠나려 하십니까?"

"얘야, 애당초 이 아비의 자린 상황 폐하께서 내려주신 것이다. 또한, 그분께서 날 필요로 하실 때 언제든 버릴 수 있는 보잘것없는 감투기도 하고."

"아직 부름을 받지도 않았는데, 사직을 청하고 배를 타시겠다는 건 과한 처사십니다. 성상께서 이 일을 윤허하시겠습니까?"

"그걸 장담할 수 없으니까 내가 이 야밤에 짐을 싸는 것 아니겠니."

"아버지!"

"조용히 하거라. 다들 자고 있을 텐데 소리를 지르면 쓰나."

"어머니는 어찌하시려고요?"

"물론 같이 갈 거란다. 어찌 내가 네 어미를 두고 홀로 갈 수 있겠느냐."

"어머니께서 이곳을 떠나려 하시겠습니까?"

"그건 이미 이야기가 다 되었느니 넌 염려하지 않아도 된단다."

"그럼 공무 대행은 누구에게 맡기실 생각이십니까."

"그거야 진 첨절제사와 네가 있는데 무슨 걱정이겠니. 아들아, 앞으로 산동을 잘 부탁한다."

"아버지, 소자는 진 어르신하고 맞지 않습니다."

"어째서?"

"그분은 지나치게 공적을 탐해 아랫사람들을 내버려 두지 않습니다."

"그게 뭐? 그거야말로 대국 신료라면 누구나 가져야 할 기본 소양이건만."

"…또한 그분은 본래 이곳 출신도 아니라 조금 그렇기도 하고요."

본래 광동성 출신인 진옥성(陳玉星)은 잔평왕 등무칠의 반란 당시 지주와 관료들의 대대적인 숙청을 피해 일가를 이끌고 배편으로 피신했고, 정세가 혼란한 남명 대신 산동을 택해 조선에 몸을 의탁했다.

"그런 넌 처음부터 이곳 토박이였던 것처럼 말하는구나."

성맹년을 비롯한 성삼문의 아들들은 아버지를 따라 산동으로 이주한 후 새로운 고향으로 여기며 지냈고, 또한 아버지의 대를 이어 벼슬을 이어받으리라 여기고 있었던 것이다.

"그거야……."

"너야말로 관직에 오르고 나서 이곳에서 근무한 시간을 따져보면 진 첨절제사보다 짧다. 네가 혹시 이 아비를 믿고 유난을 떠는 게냐?"

성맹년은 십여 년 전 과거에 합격한 후, 몽골 쪽에서 외직을 지내고 산동성에 부임하여 아버지를 돕는 상황이었다.

"아닙니다. 다만, 그의 출신이 남쪽인지라 염려되어 말씀 올렸을 뿐입니다."

"진 첨절제사야말로 어쩔 수 없이 고향을 버리고 이주해 상황께 충성을 맹세했던 이다. 상황께서 그를 광동 진씨의 시조로 인정하고 친히 공복과 요대를 내리기까지 했고, 그 능력을 인정받아 전임 첨절제사인 해사제독의 뒤를 이은 이인데, 네가 뭐라고 감히 그를 평가하느냐?"

"소자는 그게……"

성맹년은 아버지의 탈주를 막으려고 시작한 이야기에서 무리하게 진옥성을 엮으려다 역공을 당해 아무 말도 할 수 없었고, 그러는 사이 성삼문은 필요한 짐을 궤짝에 모두 챙길 수 있었다.

"자, 이거나 마차로 옮기거라."

"예……"

그렇게 성삼문이 아내를 데리고 미주로 탈주할 무렵, 좌의정 신숙주는 친우에게 받은 편지의 내용으로 말미암아 수상한 분위길 감지하고 천순제를 알현했다.

"…좌상 대감이 짐에게 했던 말을 요약하자면, 좌상에서 물러나 서역행 사신으로 자청하겠다는 뜻으로 봐도 되오?"

"예, 그러하옵니다."

"가당치도 않은 이야기구려. 좌상 대감이 예조의 일을 내려
놓은 지도 꽤 되었는데, 어찌하여 그 일을 자청하시오?"

"소신이 비록 예조판서에서 물러났지만, 본디 신이 맡은 좌
의정이란 자리 역시 예조를 통괄하는 직책이니 이치에 어긋
나지 않는다고 여겨지옵니다."

천순제는 그런 신숙주에게 코웃음을 치며 답했다.

"그런 시답잖은 말은 듣기 싫소. 진짜 이유가 뭐요?"

천순제의 퉁명스런 답이 돌아오자, 신숙주는 최근의 국제
적 동향을 떠올리며 유창하게 답변을 이어갔다.

"살래야말로 대외무역을 통해 아국에서 가장 중요한 번국으
로 급부상 중이옵니다. 또한 살래왕 전하가 선정을 베풀고 있
지만, 최근 아국의 영향력을 견제하려는 주변국의 움직임이
감지되고 있기 때문이옵니다."

사라이, 즉 조선령 살래성은 발칸반도에서 오스만을 밀어
낸 전쟁을 거쳐 유럽 내에 상업뿐 아니라 여러 방면에서 영향
을 행사하게 되었으며, 더불어 오스만의 방파제 역할을 하던
나라들이 모두 회생하자 불편해하는 나라들이 여럿 생긴 상
황이었다.

서로마의 후예를 자청하나, 신성하지도 않고 로마도 아니며

제국인지도 불분명한 신성로마는 그들을 압박하는 헝가리와 조선의 관계를 껄끄러워하고 있었고.

더불어 신성로마와 가까운 교황청을 비롯한 카톨릭 국가들도 정교회의 영향력이 커지는 것을 경계하며 로마와 조선의 사이를 껄끄럽게 바라보고 있는 실정이었다.

"그건 짐도 알고 있네. 또한, 예조에서 파견하는 관료와 살래의 협업으로 해결할 수 있다고 보고."

"아니옵니다. 신이 생각하기엔 저들의 종교와 얽힌 문제를 간단히 해결할 수는 없는 법입니다."

"그럼 어쩌려고 하오?"

"무릇 나라 간의 관계란 영원한 아군도 적군도 없는 법이며, 사신으로 나서는 이는 그 무엇보다 자국의 이익을 먼저 생각해야 한다고 소신이 상황 폐하께 배운 바 있사옵니다."

"뭐, 그거야… 모든 예조 관료들의 기본적인 마음가짐 아니오? 그걸 새삼스럽게 이야기하는 이유가 뭐요?"

"소신은 일찍이 타국을 오가며 그 이치를 직접 실천한 바가 있사옵니다. 따라서 이번에도 일을 맡겨주신다면 그들과 관계를 개선하고 아국에 유리한 방향으로 이끌어보겠나이다."

"으음……."

천순제는 내심 신숙주가 저렇게 나서려고 하는 이유를 짐작하고 있었다.

그리고 그가 아버지의 총신이었다곤 하나, 차기 영의정이자 제2의 황희로 점찍어놓은 그를 미주로 보낼 생각 같은 건 없기도 했다.

그가 미주로 보낼 수 있는 최대한의 인선은 어디까지나 성삼문이나 박팽년, 유성원이나 김문기같이 아무 미련 없이 자기 발로 벼슬과 부를 버리고 떠날 기질을 가진 이들이었고.

신숙주처럼 자신의 자릴 지키려 하는 보신적인 성향에 더불어 일까지 잘하는 이들은 모두 예외로 두었다.

천순제 이홍위는 이번 일에 대한 손익을 따져본 후 마침내 입을 열었다.

"좌상이 그렇게까지 나서준다면야, 윤허하도록 하겠소. 그리고……."

"예, 말씀하시지요."

"굳이 그 자릴 내려놓지 않아도 되니, 안심하고 다녀와도 되오. 좌상의 업무를 대체할 만한 원로대신들도 아직 많소이다."

"아… 예."

신숙주는 성삼문의 편지에 겁을 먹고 지레짐작으로 사신단에 자원했지만, 그럴 필요가 없었다는 것을 뒤늦게 깨달았다.

결국 그는 티무르행 배에 몸을 실으며 한숨을 쉬었고, 그가 방문한 유럽의 국가에선 본의 아니게 그의 특기인 배신자나 왕위를 탐하는 자를 색출하는 능력을 마음껏 선보이게 되었다.

신숙주가 살래를 거쳐 처음 방문한 나라인 왈라키아에서 블라드와 죽이 맞아 대대적인 귀족들의 숙청을 벌일 무렵, 최광손은 원정 함대 중 10여 척의 배를 이끌고 세계 일주를 하고 있었다.

여정을 마치고 나면 산동 연안 방어에 투입될 광무함의 마지막 원양항해이기도 했다.

광무함은 본래 건조 목적이 시험작이자, 대외 과시용이었기에 원양항해와 전투를 병행할 수 있게 제작되었고.

그 후로 제작된 스무 척의 전열함 중에서도 광무함과 비슷한 체급의 배는 단 두 척뿐이며 원양항해를 포기하고 화력에 집중했다.

나머진 제작 단가와 효율을 고려해 70문에서 90문가량의 화포를 적재할 수 있는 2급 전열함으로 설계되었다.

최광손은 그의 정들었던 집이자, 자랑이었던 광무함과 마지막 항해를 나섰기에 감상에 젖어 안개가 자욱한 조선의 연해를 바라보며 혼잣말을 꺼냈다.

"예전엔 그토록 배에서 내리고 싶었었는데, 막상 이렇게 되니… 시간이 잠시 멈췄으면 좋겠어."

그러자, 최광손에게 방금 내린 커피가 담긴 잔을 들고 오던 선임 수병 신노스케가 그의 혼잣말에 답했다.

"대감, 그 말씀은 왠지 모르게 기분 나쁘게 들리는데요."

"이게 왜?"

"제독 대감께서 안 어울리시게 간지러운 말을 하시니, 마치 비가 장대같이 오는 날에 배가 어딘가에 세게 부딪히는 사고가 날 거 같은 불길한 예감이 든달까요."

"그건 또 무슨 구체적인 개소리야. 쉰소리 그만하고 그거나 주고 가."

최광손이 커피를 받아 시간이 멈추었으면 좋겠다는 자작시를 읊자, 옆에서 지켜보던 광무함의 부선장이자, 최선임 무관으로 승진한 이거가 말했다.

"제독 대감, 자꾸 그러시니 소관도 불길한 예감이 듭니다. 그러니 조금만……."

"보시죠, 제독 대감. 저만 그리 느낀 게 아니잖습니까."

"그래, 그래. 우리 시어미들 덕에 무슨 말을 못 하겠네. 적록이하고 놀아야겠어. 적록아!"

그러나 잠이 덜 깬 적록은 요동도 하지 않은 채, 주인의 기대를 무참히 배신하며 그를 무안하게 만들었다.

산동에서 첫 항해를 시작한 함대는 늘 가던 경로인 알래스카와 북해를 경유하지 않고, 광무제가 내려준 해도를 보곤 대만에서 적도반류를 타고 태평양을 가로지르는 길을 택했다.

"거참, 상황께서 여기로 가라고 할 때만 해도 망망대해에서 굶어 죽을까 봐 걱정했는데 기우였나 보군. 나 말고도 여길 지나갔던 이가 있었나 보네."

부선장 이거가 최광손의 말에 답했다.

"소관이 듣기론, 요즘 만자백이국 근방의 섬이나 호주를 향해 가는 민간 상회의 선단도 많다고 합니다. 그 와중에 새 항로가 개척되었을 수도 있지요."

"상단에서 거긴 뭐 하러 가는데?"

"미지의 땅에서 금광이나 은광을 발견해 일확천금을 노리려는 이들이 늘어났다고 합니다."

"그래?"

그들의 말대로 원정 함대가 발견한 대지를 대상으로 민간 차원의 개척이나 이주가 시작되고 있었으며 항해술의 발전도 가속화되고 있었다.

다만 광무제가 내려준 해도는 미래의 지식이 담겨 있는 거라 이거의 추측은 어긋나 있기도 했다.

원정 함대는 그간 쌓아온 항해술과 더불어 해도덕에 원역사의 마젤란이 겪었던 고생과 시행착오를 피해 안전하게 항해를 이어갔다.

원정 함대는 항해 도중 하와이를 발견하곤 그곳의 주민들과 교류 겸 보급을 했고, 기나긴 항해 끝에 중미에 도착해 마야 방면에서 보급을 한 후, 남미대륙의 해안선을 타고 남하해 잉카에 도착했다.

원정 함대는 잉카를 거쳐 아직 가본 적이 없었던 남미대륙 최남단을 우회하다 복잡한 해안선으로 이뤄진 해협을 발견하곤, 삼한에서 따온 대한(大韓)해협으로 명명한 다음 조선의 깃발을 세워 마젤란해협이란 명칭은 사라지게 되었다.

원정 함대는 남미대륙의 동쪽 해안을 타고 북상해 대서양을 건너 아프리카 대륙의 서쪽에 도착했고, 그곳에서 생전 처음 보는 동물들을 포획한 다음, 식물과 곤충들의 표본도 수집했다.

"아, 저건 북경에서 봤던 기린인 거 같은데?"

"대감, 저 짐승을 북경에서 본 적이 있으시다고요?"

"그래, 살아 있는 게 아니라 죽은 걸 본 거지만."

최광손은 광무정난 당시, 북경성에서 오이라트군이 진귀한 동물이라며 잡아먹고 남겨둔 기린의 사체를 본 적이 있었다.

"으음… 저건, 배에 싣고 가기 무리겠지?"

기린과 사자 한 쌍, 그리고 미어캣과 타조들을 포획해 귀환하던 탐험대가 지상 최대의 덩치를 자랑하는 아프리카코끼리의 성체를 보고 경악한 사이, 최광손이 무덤덤하게 말하자, 이거가 답했다.

"예, 저만한 덩치의 코끼리가 하루에 먹는 양이 얼마나 될진 상상조차 안 되는군요."

그러자 신노스케가 덧붙이듯 거들었다.

"예전에 저것보다 한참 작은 코끼리를 대월에서 본국으로 운반했던 것 기억 안 나십니까?"

"광무함에 싣진 않았잖아."

"그때 그 코끼리를 실어 날랐던 가리선에선 매일매일 엄청난 양의 사료를 먹이고 똥을 치우느라 난리도 아니었답니다. 그리고 함대 전부를 뒤져도 저걸 가둘 만한 크기의 우리도 없을 겁니다."

"쩝, 어쩔 수 없지. 저기 멀리 보이는 줄무늬 말 떼나 잡아가자고."

"예, 알겠습니다."

탐험대는 코끼리를 포기한 대신, 얼룩말을 포획한 다음 일각수, 혹은 서(犀)로 알려진 코뿔소를 발견하고 잡아보려고 했다.

그러나 탐험대를 향해 돌진하는 흉포한 성미를 보곤 일제 사격으로 사살해야 했고, 그 생김새를 그림으로 남긴 후 뿔을 잘라내고 고기를 구웠는데, 맛이 썩 좋지 않아 눈살을 찌푸렸다.

최근 조선에선 대양 항해 시대를 열며 수많은 분야의 학문이 태동 중인데, 개중엔 의학의 일종인 본초학(本草學)을 세분화해 발전시킨 식물학과 광물학, 그리고 동물학이나 지질학이나 곤충학 등이 있었다.

일련의 새로운 학문은 원정 함대의 성과 덕에 나날이 발전하며 인문학적인 세계관에만 머물던 이들에게 또 다른 세상을 열어주고 있기도 했다.

그 성과는 이미 눈부시게 발전 중이던 화학과 과학 분야에도 여러 가지 영향을 미쳤고, 광무제가 뿌리고 간 여러 지식의 씨앗이 발아하는 데도 큰 도움을 주기도 했다

"아… 여기도 나름대로 정들었는데, 떠나려고 하니 아쉽네."

"여길 떠나기 아쉬운 게 아니라, 미주로 가실 시간이 점점 닥쳐오는 게 싫으신 거겠죠."

"신노야."

"예."

"내가 곧 퇴임할 제독이라고 너무 막 대하는 거 아니냐? 그리고 난 아직 가보지 못한 곳이 너무 많아."

"뭐, 미주에서도 개척하지 못한 광대한 대지가 대감을 기다리고 있을 텐데요. 그쪽에서 모험을 하시죠."

"하, 사실에 기반한 언행으로 후드려 맞으니, 뼈가 다 시리네."

"소관이 제독을 모신 지도 십 년이 넘었는데, 언제 틀린 말한 적이 있었습니까?"

"하이고, 우리 시어미께서 또 우쭐해하시는구만. 그래, 네 말이 다 맞다고 하자."

탐험 도중 몇몇 원주민 마을과 접촉한 후, 아프리카를 떠나 북상한 원정 함대는 포르투갈 왕국의 영역인 카나리 제도에 도착했고, 작은 소란을 겪었다.

본 적 없었던 거대한 범선들과 더불어, 그중에서도 독보적으로 커다란 광무함이 선두에 서서 항구를 향해 천천히 접근하자 겁먹은 포르투갈군이 전선으로 개조한 카락 수십 척을 내세워 그들을 저지하려고 한 것이었다.

본래 포르투갈은 대항해시대를 개막하는 나라 중 하나였지만, 아직은 본격적인 항해를 시작하기도 전이었으며.

살래를 통해 안정적으로 공급되는 향신료 덕에 큰돈을 들여 나갈 만한 필요성을 못 느꼈기에 카나리 제도 남쪽으론 원양항해를 나가지 않고 있었다.

그런 그들에게 남쪽에서 나타난 함대는 정체 모를 침략자였으며, 어쩌면 이베리아에서 싸우고 있는 이슬람의 세력일지도 모른다는 의심을 하고 있었던 것이다.

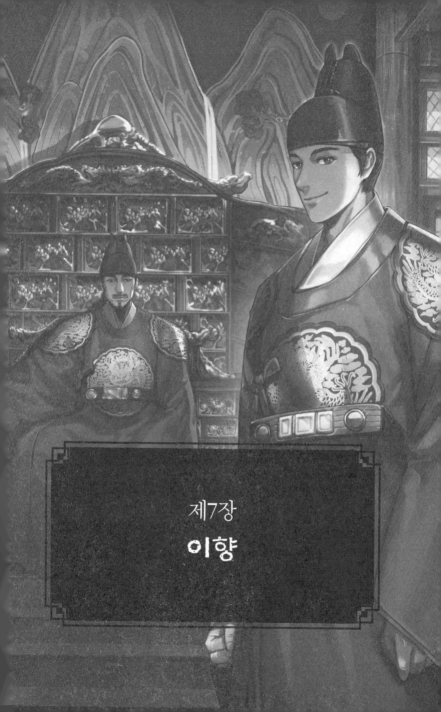

제7장

이향

"우리 중에 포어(葡語) 할 줄 아는 역관이 있던가?"

최광손의 물음에 이거가 답했다.

"나전어(라틴어)를 할 줄 아는 이가 있을 겁니다. 소관이 불러올 테니 잠시만 기다리시지요."

신동방견문록의 저자 젠틸레 벨리니의 방문 당시 통역을 전담했고, 그 덕에 다국어에 능통하게 된 역관이 최광손에게 불려왔다. 역관은 그들을 가로막은 선단의 선장과 대화를 시도했지만, 불행히도 그 선장은 포르투갈어만 할 줄 알았고, 결국 라틴어를 할 줄 아는 관료를 불러올 때까지 기다려야 했다.

"그러니까, 우린 조선에서 온 원정 함대이고, 외유 중에 귀국과 우호와 친선을 다지기 위해 여기까지 왔다고 전해."

자신을 교회의 징수관이라 밝힌 페르난드스와 대화를 거친 역관이 최광손에게 통역해 주었다.

"제독 대감, 저 치가 말하길 살래와 조선에 대해 들어봤고, 여기서 얼마나 먼 곳인지도 안답니다. 그러니 거짓말하지 말고 소속과 정체를 밝히라는데요?"

"쌍용함대가 서역에서 활동 중이라고 들었는데, 왜 우리가 조선 소속이란 걸 못 믿겠단 건지 이해가 안 가네."

살래의 주요 무역로인 흑해 일대를 수호하는 쌍용함대는 적룡함과 청룡함으로 명명된 두 척의 2급 전열함과 수십 척의 판옥선으로 이뤄져 있었고.

오스만과의 전쟁 당시 혁혁한 공을 세운 바 있었지만, 유럽에서 변방이나 다름없는 카나리 제도까지 명성이 전해질 정도는 아니었다.

"대감, 우리보고 무어인의 하수인이냐고 되묻는데 뭐라고 전할까요?"

"무어인이 뭔데?"

"소관이 알기론, 경교도들이 회교를 믿는 이들을 싸잡아 부르는 명칭일 겁니다."

"혹시 이들도 회교도하고 사이가 안 좋은가?"

"제가 그간 본 경교도 중에서 회교도 좋아하는 이는 단 한 번도 본 적 없습니다. 그들은 회교도를 죽이지 못해 안달이죠."

"허, 그렇게 따지자면 우리 형제국인 티무르도 회교국인데, 문제가 되는 건 아닌가?"

"아무튼, 제가 좀 더 사정을 설명해 보겠습니다."

"그래. 대신 우리가 신대륙을 거쳐 여기 왔다는 이야긴 하지 말거라."

"어째서 그러십니까?"

"고작 믿음 따위로 속 좁게 구는 저들에게 새로운 세상이 알려져 봤자 좋을 거 없으니까."

최광손의 말에 수긍한 역관은 원정 함대가 인도에서 아프리카를 거쳐 여기까지 왔다고 페르난드스에게 설명했고, 그 과정에서 과장된 이야기를 덧붙였다.

"뭐라고 하나?"

"저 치는 자신이 어디까지나 신의 대리인이며, 함대를 왕국 영토 안으로 들이는 건 자신의 권한을 넘어선 일이랍니다."

"결국 여기서 기다리라는 말이잖아?"

"예."

"그러면, 물하고 식량을 구매할 수 있는지 물어봐."

"그것도 역시 리스보아(리스본)의 통치자이자, 왕국의 주인인 국왕의 허락을 구해야 한답니다."

"하, 이럴 거면 처음부터 높으신 양반을 불러오든가. 되는 게 하나도 없군."

최광손이 카나리 제도에 함대를 정박하고 기다리는 사이, 북아프리카 정복 전쟁을 벌이고 있던 포르투갈 국왕 아폰수 5세는 방문자들의 전력을 적은 보고서를 보곤 놀라 재상에게 반문했다.

"그렇게 거대한 배가 있다고?"

"예. 그리고 저들이 말하길, 인디아를 거쳐 아프리카 남쪽을 우회해서 왔답니다."

"정말인가? 인디아에서 아프리카로 뱃길이 이어진다는 게?"

"사정을 듣자 하니, 그 과정에서 엄청난 희생을 치르고 온 모양입니다. 그래서 저들의 제독이 물과 식량을 구입하고 싶다는 의사를 전했습니다."

젠틸레와 가까웠던 역관은 그의 영향을 받은 탓에 징수관에게 사정을 설명하며 세상의 끝에서 수십 대의 배가 침몰하고 수천 명의 희생 끝에 간신히 카나리 제도에 도착했다며 허풍을 담아 이야기한 것이었다.

"으음… 그만한 배를 가지고도 고작 열한 척만 남았다니, 저들이 거쳐온 곳은 실로 지옥과도 같은 항로인가 보군."

"어찌할까요?"

"우리가 사라이를 통해 조선과 교류를 하고 있긴 한데, 저

만한 함대를 리스보아에 바로 들이는 건 위험하노라."

"그 말씀이 지당하십니다. 저들 기함의 포문 수만 해도 최소 100여 개에다 다른 함들도 최소 50여 개는 된다고 하니, 저들이 다른 마음을 먹는다면 우리의 전력으로 감당키 어렵습니다."

아폰수 5세는 그만한 화력을 지닌 전투함이 항구를 초토화하는 광경을 떠올리곤 잠시 공포에 젖었으나, 이내 침착함을 되찾으며 답했다.

"하지만, 먼 길을 온 이들을 무작정 박대할 수는 없는 법. 그러니 식량을 지원해 주고 조선의 귀족들을 궁정으로 초청해 만찬을 열어주겠노라."

카나리 제도에 정박한 지 한 달이 지나서야 답변을 받은 최광손은 선원들을 뺀 소수의 무관과 자신만 수도에 초청받은 것을 거절하려 했으나, 국왕의 청이란 말에 포르투갈의 함대를 따라 원정 함대를 이끌고 리스본으로 향했다.

원정 함대는 리스본 항구에 입항하지도 못한 채, 공해에 함대를 정박해 두고 초청받은 이들만 뭍에 올랐다.

아폰수 5세는 자존심도 좀 세울 겸 국력을 과시하려 최고급 마차에 일행을 태웠고, 최고급 식기에 값비싼 미당을 넣은 음식을 대접했지만, 조선 측 인원의 눈에 비친 그들의 문화는 수준 미달이었다.

마차는 자국에서도 흔한 데다 승차감마저 비교가 되지 않았고, 젓가락은 고사하고 포크조차 없어 음식을 손으로 집어 먹어야 했던 것이다.

만찬에 참여한 귀족들은 손가락 세 개만 써서 나름대로 우아한 예법을 지켜 식사를 하며, 오지에서 만난 이들의 이야기를 듣곤 야만인들이라 비하하는 투로 이야기했는데, 조선 측 눈에는 입은 옷만 다르고 전혀 그들과 다르지 않아 보였다.

또한 그들이 내온 음식도 미당을 넣은 것 빼면 색다를 것도 없었다. 그도 그럴 것이 최광손이 세계를 돌며 조선에 들인 수많은 식재료에 힘입어, 선황 광무제와 식의(食醫) 전순의가 고안한 수많은 요리가 있었기 때문이다.

다만, 여러 원주민과 기꺼이 교류하며 먹을 것을 가리지 않는 최광손만이 아무 불만 없이 먹을 뿐이었다.

"너흰 왜 음식을 깨작대고 있냐?"

그러자 선임 수병 신노스케가 답했다.

"우리 조리장이 매일 내놓는 음식이 이것보단 낫습니다. 미당이 들어갔는데도 맛없는 음식을 먹게 될 줄은 몰랐습니다."

"난 그럭저럭 먹을 만한데."

신노스케의 말이 끝나자, 이거가 차분한 투로 답했다.

"소관은 타국의 궁중에서 음식을 손으로 집어 먹게 될 거라곤 상상도 못 해봤습니다."

"참 내, 다들 배가 불렀구만. 바다 사내들이 음식 고마운 줄도 모르고 투정이라니."

"송구합니다."

"그건 그렇고 이 카스텔루란 면포(빵)는 달착지근하면서도 부드러운 게 진미인 거 같은데 이것도 마음에 안 드냐?"

"그거… 최근 한성에서도 먹을 수 있는 건데, 드셔본 적 없으신 겁니까."

"신노야, 요즘엔 이런 걸 시전에서 파냐?"

"대감께선 탁동 제과도 모르십니까?"

"그게 뭔데?"

"유명한 양병점입니다. 지난번 제독의 사가에 갔을 때 들렀던 시전에서 똑같은 걸 팔길래 맛본 적 있습지요. 듣자 하니 제 고향인 구주까지 진출했다고 하더라고요."

"그러냐, 난 가본 적이 없어서 몰랐네. 아무튼 저들의 성의를 봐서라도 다들 티 내지 말고 먹어라."

"예."

신노스케가 언급한 탁동 제과는 대마주 출신의 양병 장인 김탁구와 노비 출신의 유통업자 김동석이 합작해 차린 제과점이었으며, 이천에서 한성으로 진출해 선풍적인 인기를 누렸다.

또한 김탁구의 비법을 배우고 싶어 하는 이들을 상대로 금전을 받고 기술을 전수해 분점을 내며 전국에서 성업 중이기

도 했다. 조선 최초의 프랜차이즈라고도 할 수 있는 탁동 제
과점에 힘입어 여러 식당도 그들의 방식을 흉내 내고 있었고,
원정대 선원들을 본국에 머물 때마다 먹을 것을 찾아다니며
미식을 즐기고 있었던 것이다.

나름대로 환대를 받긴 했으나, 최광손과 원정 함대는 석연
치 않게 포르투갈을 떠나야 했다. 최대한 천천히 유럽을 구경
하고 싶었던 최광손은 항로를 동쪽으로 돌려 지브롤터해협을
거쳐 지중해로 진입했고, 스페인의 전신인 카스티야 연합 왕
국에선 새로운 손님을 맞이했다.

카스티야에선 국왕 엔리케 4세의 명령을 받은 이복동생 이
사벨과 그녀의 배우자인 페르난도가 지브롤터 항구에서 원정
함대를 맞이했다.

그들은 포르투갈에게 빼앗긴 옛 영토였던 카나리 제도에
심어둔 소식통을 통해 이들의 소식을 미리 접하게 되었기에
만반의 조치를 해둔 것이었다.

"조선의 제독이여, 카스티야 연합 왕국에 온 것을 환영하는
바이요. 난 영명하신 국왕 엔리케 전하의 동생이자, 과분하게
도 그분의 뒤를 이어 계승권을 맡아둔 이사벨이라고 하오."

역관을 통해 이사벨의 말을 건네 들은 최광손은 가볍게 고
개를 숙이며 인사를 건넸고, 당연하다는 듯이 상대에게 손등
을 내밀었던 이사벨은 자신의 실수를 깨닫고 당황한 표정을

지었지만 늦고 말았다.

최광손은 티무르에 머물던 당시, 가까운 이들끼리 손등에 입을 맞추던 것을 본 경험에 비추어 자연스럽게 그녀의 손등에 입을 맞춘 것이었다.

본래 손등에 입을 맞추며 예를 보이는 행위가 유럽 전역에 보편화된 것은 한참 후의 일이며, 지금은 신하가 군주에게 충성을 맹세할 때 쓰이는 예법이었다.

졸지에 이사벨의 신하가 되겠다고 맹세한 꼴이 된 최광손은 자신이 무슨 짓을 한지도 모른 채, 조선식으로 큰절을 올렸다.

이사벨은 얼굴이 홍당무처럼 새빨개진 채, 요동치는 가슴을 진정할 수가 없었다. 비록 수가 적긴 하나, 어디에도 없을 막강한 화력을 지닌 함대의 제독이 그녀를 보자마자 충성을 맹세하듯 손등에 입을 맞추자 자신에게 반한 것이 아닌가 생각한 것이었다.

"저… 저!"

한편 그 광경을 지켜본 아라곤 왕국의 왕자이자, 이사벨의 배우자인 페르난도는 경악했다. 최광손은 타고난 눈치로 분위기가 이상한 것을 보곤, 자신은 이곳의 예법을 잘 모르니 실수를 했어도 양해 부탁드리겠다고 이야길 건넸다.

뒤늦게 오해를 정정한 이사벨은 이제 갓 스물에 접어든 나이였고, 이국에서 온 근육질 중년남의 매력에 빠져 자신도 모르게 얼굴을 붉혔다.

이사벨은 식사는 하는 둥 마는 둥 하며, 최광손에게 모험 이야길 들려달라고 청했고, 그는 며느리와 아들에게 자신의 이야길 풀어본 경험을 살려 그녀를 위한 이야기꾼이 되어주었다.

역관 역시 졸지에 재래연의 간사가 된 것처럼 제독의 모험담을 통역해 주게 되었고, 이사벨의 순진한 반응에 신이 난 최광손은 자신의 몸을 움직여 가며 이야길 이어갔다.

자신의 우람한 팔뚝 일부를 드러내 보이며 적록에게 얻었던 흉터를 보여주기도 하고, 그녀가 동물에 흥미를 보이자 오지를 탐험하며 수집한 동물의 이야기를 들려주었다.

결국 최광손의 모험담에 푹 빠진 이사벨은 다음 날에도 이야길 졸랐고, 최광손은 배에 남겨두고 왔던 캥거루 적록을 데려와 그녀를 즐겁게 해주었다.

최광손은 일부러 신대륙에 관한 것은 빼놓고 이야기했지만, 한창 꿈 많을 나이의 그녀는 미지의 세계에 대한 동경을 갖게 되었다.

그녀는 어릴 적부터 국왕이자 이복 오라비인 엔리케의 눈치를 보며 숨죽인 채 살았고, 귀족들의 권모술수에 당하지 않게 정치적으로 계산된 행보만을 보여야 했던 것이다.

지금의 남편인 페르난도 역시 철저하게 계산적인 이유로 선택했기에, 그녀 앞에 나타난 이방인의 자유로운 삶이 담긴 이야기야말로 그녀의 시름을 잊게 해준 것이었다.

이사벨은 한 점의 사심 없이 그저 자신을 딸처럼 대하는 최광손의 태도를 보곤, 착각으로 생긴 연모 대신 존경의 감정을 품었다.

원정 함대가 지브롤터에 머문 시간이 길어지자 최광손이 할 모험담도 마침내 떨어졌고, 국왕을 알현하러 가려고 하던 참에 이사벨의 요청으로 그가 젊은 시절 전쟁터에서 벌인 무용담을 이야기해 주었다.

한편, 최광손이 왕국의 차기 계승자에게 환심을 산 것을 본 카스티야와 아라곤의 귀족들은 이방인의 콧대를 꺾어주고 싶은 마음을 먹었고, 이는 웬 중늙은이가 자신의 배우자에게 집적대는 것이라 여긴 페르난도가 그들을 부추긴 결과이기도 했다.

"왕자님, 제가 나서서 저 허풍선 이방인의 콧대를 눌러주겠습니다."

"니콜라스, 자네가?"

"예, 비록 제 나이가 어리긴 하나, 알칸타라 기사단의 일원. 저런 입만 산 놈 따윈 제 상대가 되지 못합니다."

"니콜라스는 아직 경험이 부족합니다. 그 대신 제가 출전하겠습니다."

"아닙니다! 저야말로……."

알칸타라 기사단의 막내나 다름없는 니콜라스가 나서자, 근육 뇌로 이뤄진 기사들이 너 나 할 것 없이 나섰다.

"그만, 그만. 일단 니콜라스 경이 제일 먼저 나섰으니, 그에게 첫 번째로 싸울 기회를 주겠소. 나머진 니콜라스 경이 패하면 나서도록."

알칸타라 기사단은 이베리아반도에서 이슬람 세력을 축출하는 전쟁, 레콩기스타를 통해 경험을 쌓은 이들이었고.

자신만만하게 나선 젊은 기사 니콜라스 데 오반도는 아직 태어나지 않은 에르난 코르테스의 먼 친척뻘이자, 원역사에서 신대륙의 정복자인 콩키스타도르의 일원 중 한 명이기도 했다.

이사벨 앞에서 허풍꾼의 콧대를 꺾어준 다음 출세하려는 야망을 품은 니콜라스는 최광손에게 결투나 다름없는 대련을 신청했다.

"거참, 이게 대체 무슨 경우래? 국왕의 손님한테 이래도 되는 거야?"

다급하게 최광손의 갑주를 가져온 신노스케가 한숨을 쉬며 답했다.

"그러게 적당히 좀 하시지 그랬습니까. 어린 공주님을 독차지하고 신이 나서 주책을 떠셨으니, 저 무관들이 화가 날 법도 하지요."

"내가 지금 우리 아들보다도 어린 여자애를 두고 음심을 품기라도 했단 소리냐? 그냥 딸 같아서 귀엽게 여긴 것뿐인데."

"소관은 그런 말 한 적 없습니다. 혹시 찔리는 데라도 있으신 겁니까?"

"요즘 자꾸 선 넘는다. 여기가 배 위였으면 당장 바다로 집어 던져 버렸을 텐데."

"예, 예. 소인이 대감께 죽을죄를 지었사옵니다. 일단 갑주 입는 것부터 도와드릴 테니, 팔이나 올리시지요."

최광손은 신노스케의 도움을 받아 오래간만에 자신의 전용 판금 갑옷을 차려입었고, 다마스쿠스 강철로 제련된 쌍수검를 꺼내 대련 장소로 향했다.

그에 맞서는 니콜라스 역시 나름대로 고가의 갑옷을 입고 나섰지만, 그 화려함은 장영실이 직접 만든 데다 광무제가 하사한 최광손의 것에 미치지 못했다.

"허, 저 허풍선이가 부자이긴 한가 보군. 저런 갑옷이면 대체 값이 얼마야."

"그래 봐야 장식뿐이야. 성능은 우리 것이 더 나을걸?"

니콜라스의 다음 차례를 기다리던 기사들이 감상을 늘어놓을 때, 마침내 둘의 격돌이 시작되었다.

톨레도산 강철 검과 다마스쿠스 강의 검날이 부딪치며 불꽃을 튀기자, 관전하던 이들은 비로소 최광손의 이야기가 허풍이 아님을 알 수 있었다.

최광손은 커다란 덩치와 무기의 길이를 이용해 손쉽게 상대를 밀어붙였고, 거기에 말린 니콜라스는 결국 손도 제대로 쓰지 못하고 자신의 무기를 잃어야 했다.

결국 궁지에 몰린 채 갑주 위를 두들겨 맞던 니콜라스는 자신의 체력과 레슬링 기술을 믿고 최광손에게 달려들었지만, 상대가 좋지 못했다.

최광손은 젊은 시절부터 조선 갑주술의 창시자 광무제와 조선 최고의 용장 이징옥에게 단련받았던 몸이며, 그 두 명을 제외하면 상대가 될 만한 이가 없기도 했다.

니콜라스는 상대의 다리를 노리고 파고들다 목을 붙잡혔고, 뒤이어 체중을 이용한 짓누르기에 걸려 앞으로 고꾸라지듯 넘어져야 했다.

뒤이어 팔꿈치를 이용한 연속 타격에 투구 속이 울리는 경험을 하며 욕지기를 느낀 그는 힘에 밀려 강제로 오른팔을 꺾이다시피 했다.

최광손이 바닥에 떨어뜨렸던 검날 중간을 잡아 니콜라스의 겨드랑이에 가져다 대자, 자신만만하게 나섰던 젊은 귀족은 항복을 선언했고, 최광손은 뒤이은 3번의 결투에서도 압도적인 승리를 거두었다.

한편, 뒤늦게 상황을 파악하고 결투장에 나타난 이사벨은 최광손이 쟁쟁한 기사들을 꺾고 승리를 거두는 것을 지켜보곤 진심으로 존경하는 마음을 품었다.

"이게 대체 뭐 하는 짓이오! 멀리서 온 손님에게 이런 실례를 범하다니, 내 이 일은 반드시 전하께 보고하겠소!"

"공주님, 그게 아니라……."

유럽의 귀족이 계약적 봉신 관계이긴 하나, 이는 외교적 문제로 발전할 수 있는 사항이었고, 국왕에게 적절한 명분만 쥐어진다면 이들에게도 큰 문제가 될 소지가 있었다.

결국 페르난도와 결투에 나선 귀족들은 이사벨의 불같은 분노에 직면해, 그들 스스로도 최광손의 실력을 인정하는 동시에 정중한 사과의 표현을 해야 했다.

면갑을 개방한 최광손이 웃으며 역관에게 말했다.

"내게 사과할 거면 우리 식으로 하라고 전해."

"어떤 걸 말씀하십니까?"

"나한테 절하라고 해. 아니면 최소 무릎이라도 꿇고 빌라고."

이사벨은 이미 최광손에게 절을 받아본바, 그러는 게 정당하다며 맞장구를 쳤고, 이사벨의 기사들은 졸지에 이국의 귀족에게 엎드리며 사과를 해야 했다.

뒤에서 그들을 부추긴 페르난도 역시 아내에게 약점을 잡힌 셈이 되어 남몰래 한숨을 쉬게 되었다.

최광손과 원정대의 일행들 모두가 만족할 만한 환대를 받으며 카스티야에 머물 무렵, 최광손의 친우인 남빈은 미주에서 조선에 충성한 원주민 전사와 잔반 출신에게 군사훈련을 시키는 데 여념이 없었다.

"아, 조상님. 어째서 저를 찾아오셨습니까."

졸지에 들어본 적도 없는 조류인 올빼미로 개명당한 것도 모자라 선조들이 찾아오는 환각을 겪던 원주민 전사가 중얼대자, 그 옆에서 돌아가신 아버지를 영접하던 잔반도 제사를 지내듯 숙연한 말투로 제문을 외웠다.

"유~세차~ 천순 신묘 사월 칠……."

"헛소리 집어치우고, 당장 정신 안 차리나!"

무관이 부족한 관계로 이 나이에 이런 걸 하냐고 투덜댔던 남빈은 그런 과거는 말끔하게 잊은 채, 신이 난 상황이었다.

"예? 예!"

"누가 대답을 예라고 하라고 했나?"

"악!"

그러자 열외 중이던 잔반과 원주민 전사 일동은 현실로 돌아왔고, 남빈은 무감정한 표정으로 그들을 바라보며 말했다.

"정신 차리라는 의미에서 전신회 15번 실시한다, 몇 회?"

"십오 회!"

"목소리가 작다. 이십 회!"

"이십 회!!"

"마지막 구호는 생략한다! 삼십 회 시작!"

하지만, 지옥과도 같은 온몸 비틀기를 마칠 무렵, 횟수를 착각한 이의 마지막 구호가 흘러나왔다.

"삼시… ㅂ……."

또다시 남빈의 불벼락 같은 호통이 이어졌고, 소가성의 하루가 저물어갈 무렵 성삼문이 탄 배가 마침내 미주에 도착했다.

＊　　　　＊　　　　＊

"성가의 삼문이 상황 폐하를 뵙사옵니다!"

소가성에서 거대한 화덕을 만들어 새로운 먹거리를 개발 중이던 난 전혀 예상하지 못했던 방문자를 보곤 잠시 당황했지만, 반가운 마음에 엎드려 있던 그를 일으켜 세우며 답했다.

"청죽, 이게 대체 무슨 영문인지 모르겠군. 내 자네를 보게 될 날은 한참 뒤로 예상했건만."

"소관은 명회가 여기로 보내졌을 때부터 이곳에 오길 고대했사옵니다."

"성상께서 자네의 사직을 윤허하셨나?"

"그게… 사실은……."

저 반응을 보니 아무래도 야반도주하듯 여기로 온 듯하다.

"괜찮네. 내가 본국으로 서신을 따로 보내도록 하지. 그건 그렇고 식사는 했나?"

"상황을 뵐 생각에 잊고 있었사옵니다."

"그럼 이거나 들며 잠시만 기다리게나. 내 자네에게 처음 만든 걸 선보여 주겠네."

내가 성삼문에게 건넨 것은 중미를 통해 수입된 아나나스, 즉 파인애플이었다.

"참으로 맛이 좋사옵니다. 이런 건 산동에선 맛본 적이 없는데, 미주의 특산물이옵니까?"

"아닐세, 마야왕부에서 조정에 진상하는 품목이지. 조정에선 송과라고 이름 붙였던데, 산지에서 부르는 이름은 나나스라고 하네."

화덕에 넣어둔 결과물이 맛있는 냄새를 풍기기 시작했고, 난 회중시계를 보며 시간이 다 되었음을 알게 되었다.

"다 된 모양이군."

난 눈을 치우는 넉가래처럼 생긴 도구를 화덕 안으로 넣어 완성된 요리를 꺼냈다.

"이건 일종의 전 같은 것이옵니까?"

"피자라고 하는 음식이네."

"그건, 거죽 피(皮)에 깔개 자(藉)를 써서 붙이신 명칭이옵니까? 가죽을 둥글게 펴서 만든 깔개 같기도 합니다."

"…딱히 그런 건 아닌데, 자네 말대로 해석해도 상관없겠군."

난 완성된 피자를 육 등분으로 잘라 성삼문에게 넘겨주었다.

"허윽, 뜨, 뜨……."

"그래, 뜨거우니 조심해서 먹게나."

시험작으로 만든 피자는 얇은 도우 위에 토핑 없이 토마토 소스와 치즈만 올린 정통식이었고, 성삼문은 이런 요릴 먹어 본 적이 없는지 눈이 휘둥그레졌다.

"이것도 참으로 맛이 좋사옵니다."

"그렇지? 이 거대한 화덕을 이용하면 한 번에 여러 개를 구울 수 있다네."

"그건 그렇고, 좀 전에 제게 주셨던 송과를 이 위에 올려도 맛이 괜찮을 듯합니다."

그의 말을 들은 난 생전 처음으로 성삼문에게 얼굴을 찌푸렸고, 나도 모르게 큰 소리로 외쳤다.

"송과는 피자에 올려도 되는 과실이 아닐세!"

"예? 하지만 이 시큼 달달한 과일을 유락 위에 올리면 풍미가 대단할 것 같사옵니다."

"자네가 미식에 대해 뭘 모르는 모양이네."

"아뢰옵기 송구하오나, 소관은 산동에서 머물며 온갖 음식을……."

결국 성삼문과 나의 감격스러운 재회는 파인애플과 피자 토핑 논쟁으로 마무리되었고, 소가성의 관원들 역시 새로운 음식 위에 올라갈 재료를 두고 각자의 취향이 최고라고 우기며 피자 논쟁이 촉발되었다.

이런 주제로 진지하게 논쟁을 한다는 게 어찌 보면 한심할 수도 있지만, 다르게 생각해 보니 즐겁기 그지없었다. 왕부의 주인인 내가 피자를 굽고, 관원들은 완성된 음식을 주민들에게 나누어 주며 친교를 다지는 모습이 보기 좋았기 때문이다.

성삼문은 빠르게 소가성 업무에 적응하며 여러 사업 계획을 내놓았는데, 그중엔 신주성과 소가성을 잇는 강폭이 너무 좁고 얕으니 운하를 파자는 안건이 있었다.

거기다 신주성에 조선소를 짓자는 이야기까지 나오길래, 너무 성급하게 나가는 그를 내가 되레 진정시켜야 했다.

그 후 시간이 흘러 마지막 잔반을 태운 이민 선단이 미주에 도착했을 때, 심양에 계신 아버지께서 내게 선물을 보내셨다.

난 궤짝에 고이 보관되어 있던 내용물을 꺼내보곤, 황당하면서도 기쁜 표정을 숨길 수 없었다.

상자 안에 있던 물건의 정체는 바로 내가 남겨두고 온 설계도를 통해 구현한 초기형 축음기였던 것이다.

동봉된 서신엔 새 기물의 이름이 전성기(傳聲器)라고 하며, 판이 아니라 원형 기둥처럼 생긴 실린더 형식으로 제작된 레코드가 달려 있었다.

작동시키는 법이 아버지의 친필로 적혀 있었지만, 작동법을 미리 알고 있던 난 전성기의 손잡이를 잡아 돌리며 저장되어 있는 소리를 재생했다.

"아, 아아. 장 대감, 지금부터 말하면 되는 건가?"

"예, 말씀하시옵소서."

난 아버지의 목소리와 더불어 녹음된 장영실의 목소리를 듣곤, 내가 상황으로 물러나기 전에 기로소에 이름을 올리고 원로대신으로 물러났던 장영실이 결국 아버지에게 잡혀갔다는 사실을 깨닫게 되었다.

"향아, 듣고 있느냐? 장 대감의 도움으로 네가 선물로 주고 갔던 기물의 원리를 구현할 수 있었단다. 그래서 편지 대신 내 목소리를 담아서 보낼 수 있게 되었구나."

전성기는 아버지의 목소릴 담아내는 데 성공하긴 했지만, 아직은 중간 중간 잡음이 끼어 있었다.

"편지 대신 말로 하려고 하니 조금 어색하긴 하구나. 네 어미도 정정하고, 네 동생들도 전부 아비 밑에서 나랏일에 한창이니라. 그러니 가족들 걱정은 하지 말거라. 나도 요즘은 내 형님 덕에 소식하는 습관을 들이고, 수면 시간을 늘려 강건하기 이를 데가 없다. 또한, 내 새로운 친우 미르자와 함께 즐겁게 지내고 있단다."

요즘 효령대군 어르신하고 같이 지내시나? 그건 그렇고 미르자가 누구지? 이름만 들으면 중동계 같은데.

"혹시 네가 모를까 봐 이야기하는데, 미르자는 티무르의 전대 군주란다. 아들에게 자리를 물려주고 심양에 거하는 중이지."

아, 그런 거였나. 어느새 이름을 부를 정도로 친해지신 건가.

시대를 대표하는 천재이신 두 분께서 심양에서 뭉쳤다니, 휘하의 학자들이나 장인들이 죽어나가고 있겠네.

"아무튼, 내가 하고 싶은 말은 내 나이도 어느새 일흔이 넘어 언제 세상을 떠날지 모른다는 이야기다."

…아버지는 내가 가장 마음에 두고 있던 부분을 끄집어내셨고, 난 삽시간에 가슴이 턱 막히는 기분이 들었다.

"하지만, 내가 세상을 떠난다고 해도 네가 심양으로 돌아오는 건 허락할 수 없단다. 따라서 미리 말해두는데, 삼년상 같은 건 꿈도 꾸지 말고 세 달간 상복을 입고 지내는 것으로 족하다. 또한 내 아버지, 선대황께서 이 아비에게 하셨던 말씀처럼, 너도 몸 상하지 않게 고기를 먹어야 한다."

아버지가 말씀하신 장례 방식은 내가 나서서 주도한 법안이었고, 삼년상으로 빠지는 사직 노예들의 공백을 줄이기 위한 방책 중 하나기도 했다.

하지만, 아버지가 정말 돌아가셨을 때 내가 그럴 수 있을까?

원역사 속의 난, 어머니와 아버지 두 분의 삼년상을 연달아 치른 것도 모자라 모든 절차를 하나도 빠뜨리지 않았다고 한다.

아마 두 분을 지극히 생각하는 내 성품상, 그렇게라도 슬픔을 달래야 했을 거다.

"말이 길어졌는데, 예전에도 서신으로 자주 이야기했었지. 각자 서로의 위치에서 최선을 다하자고, 그러니 넌 네 길을 걸어가거라. 너와는 방향이 조금 다르지만, 나에게도 내가 추구하는 길이 있고."

난 아직 찾아오지 않은 미래를 생각하다 나도 모르게 눈물을 흘렸다.

"아들아, 우리가 가는 길은 방향이 조금 다르지만, 목적지는 같단다. 우리 후손들, 그리고 백성들에게 더 나은 미래를 보여주기 위함이 아니겠느냐."

예, 그 말씀이 지당하십니다.

"아, 그리고 조금 창피한 이야기라 깜빡했는데, 재작년에 네 막냇동생이 새로 생겼단다."

잠깐만요. 지금 뭐라고 하셨어요?

"네 어미 소생은 아니고, 후궁에게서 본 아이인데, 어쩌다 보니 그렇게 되었구나. 아무튼, 이게 다 네가 일찍이 날 억지로나마 양생에 힘쓰게 한 덕이라고 본다."

내가 잠시 멍해져 있을 때 아버지의 말씀이 계속 이어졌다.

"그리고, 요즘은 네가 내게 숙제처럼 던져준 발상과 개념들을 풀어내고, 그것을 내 나름대로 발전시키고, 그걸 토대로 새로운 이론을 떠올리는 것이 참을 수 없이 즐겁단다. 내 친우 미르자도 나와 머리를 맞대고 질소의 추출법에 대해 궁리 중이란다."

질소는 이론서에나 짧게 언급되어 있고, 그걸 임의로 추출하거나 만드는 방법 같은 건 내가 남겨두고 온 것 중엔 없었다.

아무래도 내가 아버지와 울루그 벡에게 제대로 불을 붙인 모양이다. 아버지 생전에 이론만 완성되면 백 년 내에 질소고정법이 나올 수도 있다는 생각에 나도 모르게 아찔한 마음조차 들었다.

"또 생각나면 보내마. 다음엔 네 어미하고 막내의 목소리도 담아서 보내도록 하……."

"태상황 폐하, 이제……."

장영실의 말과 함께 녹음되어 있던 아버지의 전언이 끊어졌고, 난 혼란을 느꼈다.

아버지, 당신은 대체……. 황실의 최고 어르신인 효령대군도 원역사 속에서 90세를 넘겨 천수를 다하셨고, 내가 마지막으로 보았을 때도 정정하기 이를 데 없었다.

이러다 아버지도 큰아버지 효령대군을 넘어 황희보다 장수할 것 같다는 예감이 들었고, 나도 모르게 웃음이 나왔다.

"예, 아버지. 제가 누구의 아들인데요."

*   *   *

내가 미주왕부를 세운 지도 어느덧 6년이란 세월이 흘렀고, 그사이 수많은 일이 있었다.

미주는 부쩍 늘어난 인구 덕에 순조롭게 성장을 이어갔고, 왕부의 영향력과 역참 체계가 확대돼 로키산맥과 콜로라도 일대를 넘어 북쪽을 장악한 니히쏘와 직접적인 교역을 시작할 수 있었다.

그 와중에 많은 선주민 부족들이 조선에 신속했지만, 시간이 부족한 탓에 적대적인 태도를 보이는 이들을 모두 정리할 수는 없었다.

아마도 내 생전에 미주 전역을 손에 넣을 순 없을 거다.

하지만, 내가 만든 기반을 토대로 삼아 내 아들 홍위가 또 다른 기반을 만들 테고, 후손들이 뒤를 이어갈 거다.

선주민 중에서 조선에 신속한 이들은 우두를 접종받은 후 팔에 문신을 새겨 징표로 삼았는데, 그건 한명회의 발상이었다.

한명회는 얼마 전에 남부 관찰사가 되었다. 그랜드캐니언 일대를 복속시키는 데 그의 공이 컸기에 내려준 직책이었다.

좌천되다시피 역참에 파견되었던 그는 추장을 만나 그들의 방식으로 일곱 달 만에 태어난 자라 자신을 명명하고 그들의 영적 의식에도 참여했으며 근 1년간을 같은 것을 먹고 지내며 그들의 일족으로 인정받았다. 한명회가 보고하길, 부족원으로 인정받으면 회의에서 발언할 권한이 생긴다는 것을 파악해서 그리한 것이었다고.

그리고 발언권을 얻자, 역병에서 살아남으려면 우리와 적극적으로 교류를 해야 한다고 의견을 내었다고 한다. 한명회는 천연두 증세를 보인 주민들을 가까운 정착지로 후송해 살려내고, 그 공적으로 주술의(呪術醫)의 자리에까지 올라갔단다.

그렇게 높은 자리에 올라간 한명회는 윗선을 설득했고, 난추장들에게 천호의 벼슬을 내려 그랜드캐니언 일대가 조선의 영역이 되었다.

또한 하바수파이 일족에선 한명회에게 조선말을 배우고 기초적인 교육을 이수해 임시 관원으로 채용된 이들도 생겼다.

한편, 내게 따로 임무를 받았던 권람은 일찍이 조선에 신속한 부족들을 전면에 내세워 부족끼리 합병하는 방식으로 영향력을 넓혀 나갔다.

그리고 미주왕부가 확장해 나가는 과정에서 군사 방면에서 힘을 쓴 남빈은 손주들의 초상화가 담긴 족자를 가지고 다니며 자랑하는 팔불출이 되었다. 얼마 전엔 휴가에서 돌아와 일곱번째 손주를 보았다며 새로 그려 온 초상화를 보여주길래, 나도 얼마 전 홍위가 그려 보내준 손자의 초상을 보여주기도 했다.

이참에 사진기라도 개발하고 싶은 마음이 들기도 한데, 지금 기술론 거기까지 가기엔 무리기도 하다.

그리고 얼마 전, 성공적으로 세계 일주를 마친 최광손이 압송되다시피 부인과 함께 신주성에 도착했다고 들었다.

아직 만나지 못해 세계 일주에 대한 모험담은 들어보지 못했지만, 내가 미래 지식을 이용해 정해준 코스로 갔다면 남미에서 대서양을 건너 스페인 쪽에 들렀다가 남하해 희망봉을 거쳐 인도를 찍고 조선까지 돌았을 거다.

그만하면 전 세계를 돌아본 거나 다름없으니 남은 여한 같은 건 없겠지.

남빈과 최광손, 성삼문과 한명회가 왔으니, 언젠간 박팽년과 유성원 같은 이들도 나를 따라올 것 같다는 예감이 들었다.

마음 같아선 신숙주도 데려오고 싶긴 한데, 그를 마음에 들어 한 홍위가 보내지 않을 것 같다.

"상황 폐하!"

말을 타고 이동하던 중, 상념에 잠겨 있던 날 깨우듯 남빈이 소리치기에 난 그쪽을 돌아보며 답했다.

"무슨 일인가?"

"10리 전방에 적들이 나타났다고 합니다!"

난 지금 아파치 부족의 어느 일파와 분쟁을 겪는 산하 부족을 구원하기 위해 나온 상황이었다.

아파치족은 북쪽의 니히쏘와 교류를 통해 얻었는지, 적긴 하지만 기마병도 보유하고 있었다. 철제 무기와 우수한 활을 손에 넣어 근방의 선주민 부족들 사이에선 무적이나 다름없는 전력을 보유한 것이었다.

난 산하의 부족들을 통해 중재를 시도했지만, 그들은 내 권고를 무시하고 사신으로 보낸 선주민 출신 관료를 처형해 버렸다. 미주왕부에 소속된 이들은 출신을 가리지 않고 새로운 적에 대한 적개심을 불태웠으며, 결국 내가 친정에 나서게 된 것이었다. 내가 직접 나설 필요는 없다는 관료들의 반대도 있었지만, 저들에게 감히 누굴 건드린 것인지 인식시키려면 직접 나설 필요가 있었다.

내가 이곳에서 유화적인 정책으로 주민들을 늘려 나가니, 나와 미주왕부, 그리고 나가선 조선을 우습게 본 모양인데 이 기회에 힘을 보여줄 필요가 있지.

"다들 준비는 되었나?"

내 외침에 호응하듯, 무관과 병사들이 외쳤다.

"예!"

"전진하라!"

적은 수긴 하지만, 나를 포함해 전신 판금 갑옷으로 무장한 100여 명의 중기병대가 천천히 속도를 올려 이동했다.

가장 먼저 북방계 이주민 출신 궁기병 부대가 버팔로 뿔로 만든 각궁이나 순록 뿔로 만든 녹각궁으로 무장한 채 달려가 적들을 공격하기 시작했다.

적에게도 기병이 있긴 하지만, 평생을 말 위에서 지낸 조선

북방계 유목민들의 기량을 따라올 순 없다. 속성이긴 해도 정식으로 군사교육을 받은 선주민과 잔반 출신의 병사들 또한 오와 열을 맞춰 이동하며 엄정한 군기를 보여주고 있었고.

궁기병의 기사 공격을 받은 적들은 혼란에 빠져 순식간에 흐트러지기 시작했다. 그 뒤를 이어 방진을 치고 자리를 잡은 보병들이 사격을 개시하며 적들의 수를 차분하게 줄여 나갔고, 적들은 사기를 잃은 듯 후퇴할 기미를 보이기 시작했다.

내가 미주에서 기병창 돌격을 하게 될 거라고 그 누가 예상했겠어?

남빈과 내가 이끄는 중기병 부대는 전장을 지켜보다 적절한 시기를 잡아 속보에서 전력 질주로 가속해 물러나는 적들을 들이받았다.

기병창을 통해 가늠되는 적의 생사, 그리고 적을 들이받은 말을 통해 느껴지는 진동. 더불어 전투 화장을 해서 표정을 알아보긴 힘들지만, 나를 바라보며 노골적인 살의를 뿜어내는 상대들까지. 사라이 원정을 마지막으로 잊고 지내던 전장의 감각들이 비로소 깨어났다. 난 창을 버리는 동시에 어검을 꺼내 내 앞을 가로막는 적들을 베었다.

전투는 결국 삼천에 가까웠던 적의 전사들이 무기를 버리고 항복하며 아군의 승리로 끝이 났고, 포로 처리와 더불어 전장 정리 명하고 주변에 척후대를 보냈다.

내가 평원의 풍경을 감상하고 있을 무렵, 우리가 도와주러 왔던 부족의 추장인 듯한 이가 무리를 이끌고 내게 다가왔다.

그는 굉장히 서툰 조선말로 내게 물었다.

"저어기……. 도와주러 오아서 가, 감사. 누구신지 무러도 되게 스읍니까?"

내가 누구냐고?

나를 지칭하는 칭호는 아주 많지.

광무제. 조선의 상황, 북명의 병부상서이자 명 황실의 수호자. 왜국 막부의 섭정이자 미주왕부의 주인. 조선을 따르는 선주민들에겐 위대한 선조…….

하지만 내가 가장 자랑스럽게 내세울 만한 건 단 하나다.

"내가 바로……."

『내가 바로 세종대왕의 아들이다』 13권(외전)에 계속…